CÍRCULO *Luna Parque*
DE POEMAS *Fósforo*

Poemas reunidos

Miriam Alves

15 NOTA À EDIÇÃO

DOS *CADERNOS NEGROS* [1982-2010]

19 Fantasmas alheios
20 Fumaça
21 Viagem pela vida
22 Jantar
24 Dia 13 de maio
25 Hoje
27 Caçadores de cabeças
28 Calafrio
29 Lambida
30 Fogo
32 Exus
33 Insônia
34 Cobertores
35 Íntimo véu
36 Lençóis azuis
37 MNU

38 Amantes
39 Mahin amanhã
40 Afagos
41 Noticiário
42 [O céu abre asa]
43 Colar
44 Pisca olho
45 Naus dos passos
46 Revanche
47 Uma estória
48 Poetas
49 Averbalizar
50 Cabide
51 Leve
52 Calor colorido
53 En-tarde-ser
54 Dente por dente
55 Minhas
56 Gens
57 Era
58 Averbar
59 Fêmea toca
60 Madrugada desavisada
61 Tempos difíceis
62 Encruza
63 Objetando
64 Translúcida
65 Passo, Praça
67 Abandonados
68 Assalto
69 Improviso 2
70 Com a rota na cabeça

71 Ferindo chão

72 Autobiográfico

73 Petardo

74 Intervalo

75 Geometria bidimensional

76 Viageiro

77 Paisagem interior

78 Estradestrela

79 Rainha do lar

80 Íris do arco-íris

81 Desumano

82 Eco-lógico

83 Neve e seiva

84 Acordes

85 Olhos ossos

86 Recadinho

87 Brincadeira de roda

88 Cantata

89 Genegro

90 Parto

91 Cenários

92 Salve a América!

93 Sem

94 Amiga amante

95 Azul amarelo

96 Florescência

97 (Escondido na noite)

98 Testemunhas de Safo

99 Cenário televisivo

100 Ser inteligível e o inteligível do ser para não ser ininteligível

102 Catulagens

103 Lição
104 Reboliço
105 Interrogatório
106 O verso orou
107 Entoa
108 Paulista seis é tarde
109 Afro-brasileiras
110 Senhora dos Sóis
112 Eu mulher em luta
113 Canto de um grito
114 Não vede!
116 Areias de Copacabana mareiam ou Maricotinha não está aqui

POEMAS ESPARSOS [1982-2020]

121 Veia ansiosa
122 Alucinação de ideias
124 Imagens de um passeio
127 Ético
128 Nada
129 Mar
130 História
131 Comida
132 Desmanzelo
133 Nascere
134 Carne
135 Negrume
136 Palavras
138 Aleijado
139 Flor
140 Vida

141 Vudu
142 Careta
143 Silêncio
144 Cheiro
145 Busca
146 Oxum
147 Bel-prazer
148 Falo
149 Da laje
150 Cara pintada
151 ( )
152 Sumidouro Brasil
153 Encoxar
154 Cavalgo nos raios de Iansã
155 (In)vento
156 É tanto querer
157 13- 1978 a 2013
158 Luangar
159 Gira e gira nessa gira
160 Intensifica
161 Inteireza
162 Gulodices
163 Balada no balanço
164 Brado
165 Breves
166 Fora e dentro
167 Saudades na quarentena

LIVROS [1983-1985]

Momentos de busca (1983)
173 Estranho indagar
177 Cristo atormentado

179 Pés atados corpo alado
182 Depreendendo
184 Egoísmo
186 Cena do cotidiano
191 Fantasia
193 Embriagada
195 Magma
197 Fusão
198 Passos ao mar
200 Marcas
202 Indo
204 Lamento
206 Luta do ideal
208 O homem
210 Angústia
211 Bolindo sexualmente
213 Trapos e nudez
215 Vidraças quebradas
216 Despudor
218 Imaginando o mundo
220 Momentos de busca

Estrelas no dedo (1985)
225 Voz
226 Guardiãs
227 Asteroide noturno
228 Nas nuvens
229 Restante de esperança
230 Ganchos de interrogação
231 Vontade
232 Saber da chama
233 Naturalmente

234 Ato solitário
235 Facas filadeiras
237 Cuidado! Há navalhas
238 Casa solteira
239 Memória do riso
240 Carregadores
241 Querer
242 Compor, decompor, recompor
243 Insone ouço vozes
244 Cantigas de acordar
246 Canção pra não ninar
248 Poder crer
249 Ouvidos aguçados
250 Enigma
251 Horizonte
252 Ser pessoa (1)
253 Necessidade
254 Pedaços de mulher
256 Revolta de desejos
257 Revolta dos atos
258 Desejo
259 Estrelas no dedo
260 Quando

ZINES / COLEÇÃO POEMAS DE OCASIÃO [2010-2013]

(De)clamar
265 Eu Falo
266 Em verde amarelo
267 Memória
268 (Des)razão
269 Bala perdida
270 Pedra no cachimbo

271 Desespero nas cidades
272 Vagas lembranças
273 Às vezes
274 Tenho
275 Tamborilando
276 Bem-vinda de volta
277 Homens
278 Sutilezas nada poéticas
279 Mulher
280 Vou longe
281 Tracejado
282 Males e Malês
283 Certidão de nascimento
284 Disposição
285 Gotas

Feminiz-Ação

289 Madrugada esfria
290 Numa situação madrugada
291 Ter tudo capturado
292 Reflete
293 Respinga no telhado
294 A emoção na tela
295 Cenário urbano
296 O olhar agoniado
297 A vida cozinha
298 Venha
299 Noite morta
300 Instante instinto
301 É manhã a porta
302 Sussurros melodias
303 Canção libertadora

304 Sonhos embalados
305 Escrever o silêncio
306 Negrumar
307 Enquanto o corpo lateja
308 Verbo

Partículas Poéticas
311 Distraída
312 Tique-taque
313 Verbo
314 Tempo consciência
315 Cautela
316 (Re)Desenhar
317 Dormir
318 Caminhada
319 Enluarar a solidão
320 Em Albuquerque
321 Vestes diáfanas
323 Amor fêmeo
324 Sinto no ar
325 Passo a passo
326 Fiar solidão
327 Pétalas ao vento
328 Ferida aberta
329 Asas de borboleta
330 Sussurros
331 Dizer versos
332 Cio de palavras
333 Tensão
334 Roupa velha gasta
335 Centro
336 Os passos outrora firmes

ANEXOS

339 Autobiografias de Miriam Alves nos *Cadernos Negros*
342 Depoimento de Miriam Alves à revista *eLyra*:
Mudando a história com palavras e persistência
347 Prefácio ao livro *Momentos de busca*, por Abelardo
Rodrigues
351 Prefácio ao livro *Estrelas no dedo*, por Jamu Minka

POSFÁCIO
359 Poesia, performance, poder e um corp@ negr@
ainda por dizer
Emerson Inácio

369 ÍNDICE DE PROCEDÊNCIA DOS POEMAS
374 ÍNDICE EM ORDEM ALFABÉTICA DOS TÍTULOS DOS POEMAS

Nota à edição

Miriam Alves fez sua estreia literária em 1982 na coletânea *Axé —
antologia contemporânea de poesia negra brasileira* e no número 5
dos *Cadernos Negros*. Publicou dois livros de poesia, *Momentos de
busca*, em 1983, e *Estrelas no dedo*, em 1985. Porém, o formato do
livro individual foi só um dos meios que a autora usou para fazer
seus poemas circularem. A poesia de Miriam Alves está difun-
dida por muitas publicações coletivas — não só pelos *Cadernos
Negros*, como também por antologias, revistas e outros impres-
sos de diversos formatos — e agora se encontra em conjunto pela
primeira vez aqui. Comemorando os quarenta anos do trabalho
poético de Miriam, este livro apresenta sua poesia reunida até
agora numa recolha que não se pretende completa, dado o cará-
ter plural e disseminado de sua obra. Também vale dizer que, en-
tre as mais de duas centenas de poemas aqui presentes, sete são
de Zula Gibi, assinatura criada por Miriam Alves.

Este livro está dividido em cinco seções. Na primeira, encontram-se os poemas presentes nos *Cadernos Negros* desde a estreia da poeta até 2010. A segunda seção recolhe poemas publicados em antologias e revistas. Na terceira seção, reúnem-se seus dois livros. Já a quarta traz três plaquetes da Coleção Poemas de Ocasião, editadas por Miriam nos anos 2010 e às quais ela chamou de "zines", graças ao seu caráter caseiro de feitura (folhas de papel A4 dobradas e grampeadas). Na seção final, foram incluídas autobiografias de Miriam Alves publicadas nos *Cadernos Negros* e um depoimento para a revista *eLyra*, além dos prefácios de seus dois livros, escritos por Abelardo Rodrigues e Jamu Minka.

Ao fim da edição há uma lista com a procedência de todos os poemas.

Os editores agradecem à Miriam e a todos os que colaboraram para a edição, no que se refere tanto à concepção do livro quanto à recolha e fixação dos poemas: Ayana Dandara Alves Xavier, Edimilson de Almeida Pereira, Eduardo Assis Duarte, Emerson Inácio, Florentina da Silva Souza, Heleine Fernandes de Souza, Luiz Guilherme Ribeiro Barbosa, Milena Britto, Moema Parente Augel, Patricia Anunciada, Prisca Agustoni, Vera Lúcia Alves e Viviane Nogueira.

Dos *Cadernos Negros*
[1982-2010]

Fantasmas alheios

Ouço passos nas escadas
são fantasmas
que não me pertencem
ecoando numa saudade
preenchendo o ar

Lacrimejo os olhos
numa doida vontade de chorar
não concretizada...
Os passos descem as escadas
ressoando, preenchem o ar
Os fantasmas não me pertencem

Não choro
apesar de lacrimejar os olhos
a saudade não é minha
nem os fantasmas.

Fumaça

Estou a toque de máquina
corro, louca, voo, suo
a fumaça sou eu

Estou a toque de nada
vivo, ando
como a comida envenenada
e o comido sou eu

Estou a toque de selva
os ferros torcidos, sacudidos
dentro de uma marmita
e a marmita sou eu

Nego, mas vivo dizendo
Sim
a tudo que me dói na cabeça
e o doido sou eu

Paro, mas estou sempre correndo
doem as pernas, os pés
e este corpo é o meu

Amanhã me encontra acordada
como a noite deixou
e o insone sou eu

Indago, mas não estou escutando
a pergunta anda solta
e ninguém explicou
que a resposta sou eu.

Viagem pela vida

Acordei livre
livre para o mundo
a liberdade da vida
coroava minha cabeça

De repente
algemaram minhas mãos
colocaram grilhões em meus pés
institucionalizaram minha existência
prenderam-me
registro de nascimento
carteira de vacinação
e demais passaportes burocráticos
reguladores de minha viagem, vida
breve viagem vida!

Mas como resistência louca
minha cabeça vai a mil
percorrendo planetas
de liberdade
que não lhe pertence
sonha mundos bate asas
bate o ponto
arma-se de vontade
mudança
mudar
querer um mundo novo
e afunda-se nas palavras
e nasce mais um poema desconhecido.

Jantar

Minha carne queimou
    na panela

Minh'alma penou no porão
    d'algum navio

Minha cabeça
conserva lembranças na geladeira
    da resistência

Hoje
raspo com palha de aço
    o chão que exala
    barro branco

Queimo minhas mãos no fogo
    da revolta
ralo sempre os sentimentos
    no ralador de queijo

Decomponho-me gente
para ser servido
sem grande gala
no jantar do capital
regado fartamente
a
"Sangue de Homens"
na mesa
dos idealistas

Minha carne queima na
               panela
cozida com molhos
               incertos

Minh'alma transita
                    outro mundo
fujo para voltar
               jantar
Calo-me para poder
               gritar
arrebentando as algemas
               de dor
que me acoleram
às subserviências
               apregoadas.

Dia 13 de maio

As bocas vociferam
ajoelham-se perante o Deus Alvo
mãos cúmplices agradecem falsas liberdades.
EU:
aguço os meus dentes de revolta.
EU:
lambo as cicatrizes expostas
EU:
salivo resistências entrincheiradas.
EU:
afio minha mente na pedra mó da desforra
EU:
arranco as cortinas gázeas dos olhos.
EU:
num só fôlego qual dragão destilo enxofre...
NÓS
evocamos Egum.
NÓS
imantamos na força férrea de Ogum
NÓS
untamos de sangue as estátuas do 13 maio
NÓS
ficamos de luto empunhando espada guerreira
NÓS
curamos da branca-doença-da-vergonha.

Hoje

Explodo os espaços
quero estar só.

Não nasci pra ser sozinho
escorro pelos vãos
dos meus dedos.

Saio em gotas
percorrendo as filas
das multidões
que se procuram.

Arrebento as trincheiras.
Transformo-me em alicate
corto as cercas de arame farpado
que espetam os abraços
do encontro.

Reteso a dor
barras de chumbo
transformo-me em martelo
arrebento a tristeza
nas pancadas do meu sorrir.

Viro-me no chão
feito cobra elétrica.

No choque das vibrações
organizo uma ciranda

estranha que agigantando
rasga o ventre da liberdade
fazendo nascer
um novo hoje.

Caçadores de cabeças

Entrar nas tendas
como quem senta
sem ser convidado

Morder as pernas da mesa
com a fome de favelado
engolir as esperanças
soltas nas fendas da noite
como um crente

Urrar feito lobo doente
assustando
os caçadores de cabeças
valendo-se da vontade
de ser ouvido.

Calafrio

O sorriso gela
a porta do paraíso prometido.

A tarde cobre-se de frio
grita
esconde-se atrás dos
casacos
faz esculpir aquela saudade
do lugar jamais
percorrido.

Escorrem feito sorvete
as esperanças derretidas
no ardor do querer.

Lambida

Lambadas de chicote
como línguas
invadem o céu da boca
deságua chuva do desejo
retido nas nuvens do querer
soltando-se na trovoada
      do prazer.

Fogo

Fogo queima
voz sem dono
atormenta meus sentidos.

Os sentidos
de contraídos desejos
contidos no calor das mãos
(suas mãos).

Na força de seu corpo
pernas, braços, pés
faça-me Ser
a soma do humano.

Na dor o prazer
canta
lacunas da distância
de seus lábios,
onde provei, sem tocar
sabores.

Nos sonhos que constrangem o corpo
libertei-me num ai sensual
fecundei os intensos
desejos de amor.

Prenhe almejei um diferente beijo
caí prostrada num gemido.

Chama consumida
repousa
a embalar um novo desejo.

Exus

Exus soltos
nas matas virgens
dos sentimentos

arreliam medos
escavam toco seco

procuram verdades
escondidas nas encruzilhadas
sem despachos

Insônia

Ninho de pombas
sobre o telhado
    dança
        acasalamento
Naquela noite, o prédio
    não dormiu.

Cobertores

Está frio
embaixo dos cobertores
nossas mãos correm soltas
afã incontido de reter

Está frio
por debaixo dos cobertores
esparramam lavas incandescentes
   festa silenciosa

Está frio
por baixo da couraça da pele
habitam infinitas formas de vida
nas emoções dos toques emprenham-se

Está frio
na selva dos corpos
  correm rios
   nunca antes navegados

Está frio
estremeçooo
  o
  o
  o
  Vulcão explodiu.

Íntimo véu

Arregaço o ventre
corcoveio no ar
gemo
Você?
Tira meu último véu.

Lençóis azuis

Sonhos desfeitos
reacenderam na manhã
mãos abrasaram tocando novas esperanças

Vibrou a brasa do amor
as ondas de ternura invadiram os corpos

Sorrisos.
Desejos enlaçados com réstia de ilusões
enfeitam a cama
sob os lençóis azuis
lembranças.

MNU

Eu sei:
"— havia uma faca
      atravessando os olhos gordos
            em esperanças
   havia um ferro em brasa
     tostando as costas
     retendo as lutas

   havia mordaças pesadas
      esparadrapando as ordens
         das palavras"

Eu sei:
   Surgiu um grito na multidão
      um estalo seco de revolta

   Surgiu outro
      outro
      e
    outros
aos poucos, amotinamos exigências
  querendo o resgate
   sobre nossa forçada
    miséria secular.

Amantes

Os aspectos da lua
os passos da noite
no refrão que seduz
os namorados
a beijarem a vida
avidamente
lábios, olhos, fronte
introduzindo
sugam, dão amor
sem preconceitos ou preceitos
sempre.

Mahin amanhã

Ouve-se nos cantos a conspiração
vozes baixas sussurram frases precisas
escorre nos becos a lâmina das adagas
Multidão tropeça nas pedras
                            revolta
há revoada de pássaros
       sussurro, sussurro:
       "— é amanhã, é amanhã.
           Mahin falou, é amanhã"
A cidade toda se prepara
      Malês
          bantus
             jejes
                nagôs
vestes coloridas resguardam esperanças
              aguardam a luta
Arma-se a grande derrubada branca
a luta é tramada na língua dos Orixás
       "— é aminhã, aminhã"
sussurram
          Malês
             jejes
                bantus
                   nagôs
    "— é aminhã, Luiza Mahin, falô"

Afagos

Trago na boca
oferta de um beijo
afogado nas entranhas da solidão

As mãos incendeiam-se
com promessas de doces afagos

A tristeza de não tê-lo
no meu leito
afogo numa lágrima

Noticiário

O canto da senzala embala meus sonhos
                    ainda
As lanças dos Quilombos armam minhas palavras
                    ainda
Vamos cultivar nossa roça   ainda
A poesia brota em várias formas
                    sempre
As fomes subsistem   ainda
estômagos raquíticos analfabetos roncam
                    ainda
Temos sede   sempre
As inundações desmoronam nossos barracos
desarmam nossos sonhos   ainda

Somos muitos de vários pesadelos
Os apelos crescem sob o sol   sempre
Nossos olhos estatelados em esperanças e revoltas
            povoam o noticiário das seis
                    ainda
As palavras brotam nas hortas
                    sempre
Temos fome   ainda
As notícias faturam sobre nossa miséria
                    ainda,

O céu abre asa e os pássaros revoam em trinados autossuficientes. Plainar na bruma e buscar o movimento circundante que arrebente com esta falsa ciranda. Arrebentar uma por uma destas grades invisíveis que retêm as asas dos pássaros. Reverter todo o processo. Anular tudo usando a arma da sensibilidade. Este é o sonho do poeta que ao acordar percebe que nada pode. Mas arma-se da sensibilidade e desenha sentimentos na bruma da palavra. Solta a esfera redonda de seu mundo. Coloca-o no movimento de sua órbita. Transforma em visão ritmada esta profunda marca da sorte de não poder ficar mudo. Veste o sentimento de todos travestido de seus, e desfila desfila desfila. Transforma-se nas asas do possível impossível. Com as próprias mãos arranca a jugular do pescoço do tempo só para vê-lo espirrar espirrar a vitalidade vermelha no rosto dos humanos transeuntes. Nas paredes de concreto pinta com spray das lágrimas o sorriso na vida que não poupou palavras. Arma-se de verdade, apenas quando for verdade, atravessa uma faca nas costas do tempo para que conte conte os segundos todos sonegados a nós. Voa atrás do rancor e com ele espalha o veneno da sensível sinceridade... Nada disto será dito ou ouvido se a boca poética for apenas um pote recostado e depositado na esquina.

Colar

Colecionava amizades
pendura corrente de sorrisos estáticos
        no pescoço
Ostentava tantos e tantos
        sorrisos-dentaduras
Polia-os à noite com gotas de lá-
        grimas retidas
Um dia o colar mordeu-lhe a jugular
Jorrou-lhe rios de ausências

Pisca olho

Apesar do cadáver pendurado no olhar
a vida expulsa o tédio
           vibra
apresenta-se febril. Pisca o olho
sorri intensa
senta na relva descansa
afaga o infinito
embrenha-se na terra
gargalha Elegbará.

Naus dos passos

Nos caminhos naus
        atrevo espaços estreitos
Palavras agudas ricocheteiam no aço escudo
        da cisma
Aguço sentidos
Brilha a eternidade
        construo trilhas

Revanche

Fiz do chicote um laço
   das chicotadas pelourinho
Enforquei feitores
chicoteei capitães do mato
Ceguei retalhei sinhozinhos
     Refugiei-me nas emoções
     Sou impune
        livre.

Uma estória

A noite assassinou o branco
rolou sangue vermelho
Manhã berrou aurora
iluminou um sol
Foram todos embora
Não há registro na história
    Rebelião
nós sabemos das Vitórias.

Poetas

Os automóveis fixam os olhos brilhantes
                                    neles
Ela vê luas rolando
Ele homens atropelados

Averbalizar

Respirar fundo
soltar asfixia
liberar segredos
sangrar palavras
com a mão do afago
sangrar palavras
      (mesmo que não queiram)

Cabide

Pendure abraço
o cabide aguarda afago
a madrugada está fria

Leve

Fio leve dentes
mordejando a garganta
o afago asfixia
Hum! Ahhhhh.....!

Calor colorido

A porta da entrada respira respira
  angústia
    espera
Nunca chega hoje.
Ontem dependura-se na maçaneta
Ocupa-se em estórias lembranças
Nunca chega o hoje.
Nunca. O tapete da entrada aguarda passos
aguarda o calor colorido colhidas estradas
Nunca chega o hoje. Nunca
A fresta da soleira transpira. Transpira
incontáveis estranhezas

En-tarde-ser

A tarde sorriu elegância
matinal fragrância invade espaços
A tarde sorriu elegância
a tampa da emoção explode
                              nos atos
Reconfortantes movimentos
encostados há tempos
                              cedem
A matinal fragrância
                              fecunda a tarde
O sol instala fervor
                              suor seca roupas
incessantes ataques lubrificam
A fragrância matinal
                              sonoriza-se
Anoitece eternece
              torna-se
                              femeal

Dente por dente

Foi tráfico
vidas desnudas nossas
           postas
à mesa canibálica insaciável
lupas garfos culturais devorando-nos
   palavra
              por
      palavra
           sílaba
              por
           sílaba
afã glutão consumindo-nos realidade
era cilada

Minhas

As lembranças são vorazes
sugam sangue
gozo completo
desfaleço a sussurrar nomes
irreconhecíveis.

Gens

O Ori reclama
            luz e calor

Gens repousam na ulterior
generosa fonte esquecida
Ori
     gens
doces felicidades estagnadas

Gens repousam na ulterior
generosa fonte esquecida

Assim Origens
alargando o ventre
alargando o ventre
livre liberdade
rasga o espanto
                volta

Era

Outro tempo?
Sim.

Outros tempos
onde as horas não batem
    alisam

outrora
o vento suave forte, bruto
ventou na barriga da serra
Coqueiros curvaram-se
Cachoeiras agitaram-se
outros tempos!

Outrora
isto e aquilo era
  e não era
    soava
sou outro tempo

Outrora
templos edificados com sonhos
     acolhiam
movimentos de grãos de areia
     construíam castelos

Agora
a chuva é gota de água pairada no ar...

Outros tempos?
Sim!

Averbar

A verve está solitária
O verbo abandona a frase
A verba governa solta
O poema insiste
       desgoverna

Fêmea toca

Retirar-se para a toca
Fêmea recém-parida faz

Lamber a fina vida recente
fêmea recém-parida faz

Aguardar o sangue placenta
escorrer jorro convulso
avermelhando a existência
fêmea recém-parida faz

Acalentar a incerteza
ao som de um choro broto novo
fêmea recém-parida faz

Acalentar-se na dureza
                natureza
                dia a dia
                todo o dia
fêmea recém-parida faz

Na continuação uterina
                perpetuando perpetuando
                a fera femeal espécie
                espanta-se

O choro novo
o broto novo
a vida nova
fêmea parida lagrimeja oceanos.

Madrugada desavisada

Clareia a todo momento
     sangra o horizonte
no rosto novo o tempo sulca vivências

Solitário silêncio ensurdece
O vento não veste mais a noite
Atabaque chama sozinho os guerreiros

Clareia a todo momento
É madrugada de guerra fi ᴌ.

Tempos difíceis

As cores mudam
sorriso debochado
      flutua na cara da saudade

Retenção e medo
      imperam
      enrolam-se no manto vaidade
sorriem

As cores mudam
Todos disfarçam esbranquiçados.

Encruza

Um tatu-preá
           entrecruza
adornado de vermelhas ameaças
           entrecruza

brilho relâmpago corisco
           entrecruza
fecunda a terratrêmula
           entrecruza
estremece o ser.

Objetando

Objeto
focalizado por olhos faiscantes
sorrindo agulhas possessivas

Objeto
suado recostado
despejando agonias na noite

Objeto
passagem coisificada na disputa
para uma consumação carnívora

Dúvidas angústias de ser
sussurradas nos lábios
                inválidos por emoções segregadas

Na batalha, viva
                Mulher.

Translúcida

Sempre que a certeza vem fazer parte do meu mundo, questiono-me. Ávida de vida, sou. Existe um universo de pessoas e sentimentos infinitos. Infinitando toda a certeza. Tudo é. A existência da forma é nebulosa. A fantasia de tudo pensamos reter nas mãos. Não é. E é. Aquela estrela é cadente. Na velocidade da queda parece estagnada no céu. Igual a todas outras no seu brilho perante meus olhos. Estou assim. Apenas com a certeza do "sou", fazendo som. Conheci o gosto amargo da vingança. Conheci o gosto amargo do desprezo. Conheci o gosto amargo do amor. Abracei uma solidão de ideal. Agora o céu está piscando como sempre piscou. Salpicado de estrelas como sempre esteve. Penso, foi apenas uma nebulosa. É agora. Fazemos o que acreditamos. Estamos fazendo o que é preciso. Como sempre. Creio! Creio e creio. Por mais provas em contrário, o Humano é crível! Dentro de toda grandeza e limitação. Creio! E creio! O poder de construção e destruição das crenças e ideias está na capacidade de acreditar, investir e resistir. Eu tenho uma espada. Espada brilhante como prata em meio-dia de sol. Eu tenho uma espada de ouro puro fazendo reflexo de arco-íris na chuva do hoje e do amanhã. Por mais que tenham tentado me convencer do contrário, creio. E é possível resistir. Uma lágrima constrói um oceano dentro de cada um. Quem chora, quem é chorado, confundem-se no vaivém das ondas. Haja ondas! No meu braço sem abraços está todo o calor da ação. Neste oceano é que eu me nado. Eu me surfo. Seguro firme as espadas de ouro e prata. Vou. A ação de ir é a única ação possível no momento. Fazer poema, minha vida, existência, reticências. Resistir. Ir. A loucura sã do verso prende-me neste universo. Universo que às vezes desune as mãos.

Passo, Praça

Paissandu a Praça
Passo no Paissandu
    a Praça
    há Pedra
    há
Rosário negro a desfiar...
há estória

Paissandu a Praça
Passo
Ouço
Rosário rezado
        reisado
negro a desfiar...
há estória em jeje
praça pedra a pedra
conta
   a
conta

Conta
das costas que não se curvaram
conta
   ah!
conta

apesar da cruz (crista cristã) pesar
apesar
conta

Rosário rezado
        Reisado nagô
conta a conta
        conta.

Abandonados

Eram meninos
menores
errantes na terra dos homens
Eram meninos menores
agonizantes
sedentos nus
Eram meninos
menores
agora......... não eram
nenhum.

Assalto

Inquieta-se a sabedoria dos poros
A verdade engravida-se.
                          Filhos concebidos
vingarão a sorte dos que morreram
                          in-terra-idade

Em tempos in-certos
a cidade terá
        poemas abandonados tomando-a de assalto
                                    assalto.

Improviso 2

O menino surge
    traz no sorriso:
       o azul do lago
    asteroide (noturnas esperanças)
    ventos (retumbantes saudades)

    Enlaçado ao passado
    o menino entrelaça os dedos
          com futuro

    O menino
    ensaia uns passos jongos

    Na vida
    caminha
        Homem

Com a rota na cabeça

Pisava no asfalto
        como se ele estivesse
           caiado
          há pouco tempo
Vendia verdades no chão viaduto
        do Chá
Chachava com Cleuza
        suores, cabelos, pele
                sábados
       ardentes
          e
          domingos

Um dia manhã
    engano metranca
Um distintivo de águia   engano metranca
    na Garra do dia
      agarra   engano metranca
       Sua vida
     Silencia   engano metranca
     Lido
Ledo engano no jornal   engano metranca
    Matinal.

Ferindo chão

Eu já tinha visto joelhos
  ferindo chão
   implorando
   implorando
Eu já tinha visto
   sulco fundo na terra
   guardar segredos
   guardar
Eu já tinha visto
   corpos mortos
    vivos
   aterrados, aterrados
Eu já tinha visto
porém
chorei novamente

Autobiográfico

No Out-Door
Auto-Dor
      em relevo
autobiográfico
No Out-Door
Alta-Dor
um afeto
autocida

No Out-Door
um grande feito
em baixo relevo

Um silêncio
Um silêncio
autobiográfico

Petardo

Palavra-bala
   — Adeus —
   Direto petardo

O jornal diário
      fotografou três filetes
      Saudades, Saudades, Saudades...
         escorrem
           escorrem
             escorrem
                vermelhas
nos lábios prontos ao beijo.

Intervalo

Cadeiras na calçada
minha espera sentou-se
aqueceu-se ao sol
intervalo
    Um
    dia
intervalo
    outro
    dia
a solidão invadiu
    inundou o corpo
    e o copo de suco de T'esqueci

Intervalo
    um
    dia
intervalo
    outro
    dia
sai trôpega
bêbada de   TARDES
        Vazias
    TARDES
        Demais.

Geometria bidimensional

Confluência das coxas
Encontro pleno da geometria
Há um triângulo isóscele
      triângulo isóscele
Triângulo isóscele pede
      isóscele padê

        pode

pede   ( )   *posse*

        padê

Viageiro

Mar afora
  os encantos ondinos
          me
          afogaram
Noite adentro
afaguei semente
beijei lábios ao vento

A terra abriu-se
  a mim
      oferecida
entranhei-me
      à sua fenda
abracei   Ogum
              e
          Omolu

      Feliz(ardo)
      Fertilizado

Brotei
  em
Zombarias

Travesso Moleque
      a
espetar silêncios
nas agulhas
      da
etéreo-eternidade.

Paisagem interior

A madrugada respira acordes
estrela brincalhona enluará
sonata dum sonho rola asfalto

O céu todo em sono confunde-se
o sol ilumina-o com
um sorriso madrugada
respinga orvalho nos telhados

A face do céu confunde-se
meio em noites, meio em dias
desponta uma aurora
nasce uma criança brincalhona
toda envolta em madrugada.

Acorda dia!
Há fome de esperança!

Estradestrela

Ainda faço de uma estrela
    vagalume errante
    decadente e lento
    qual a velhice que chega
    guia do meu seguir

Ainda firo-me nas pontas múltiplas
    brilhante estrela que vai em fulgor
    decadente e lenta
    repousar em minhas mãos
    qual a velhice que chega
    guia do meu seguir

Ainda faço-me ferida em-corte-fundo
    navalha-estrela-traçando-contornos
    o jorro vermelho-vitalizado
    esvaindo-me. Revivendo-me,
    reviro e volto
    ressurjo toda em cura

Ainda faço-me estrela
    um céu repousa lento em mim
    transforma-me
    montanhas, mares e rios
    todos os mundos. Todas as idades
    guias do meu seguir.

Rainha do lar

Mesas, copos, minha casa
trancafio-me
silêncio nas paredes
esmurram meus ouvidos
palavras, ecos abandonados

Mesas, copos, minha casa
na couraça da espera
nuvens de cigarros
colorem fantasias cinzas

As vozes dos discos
calam-se. Nem choro. Nem risos.
Triste tranquilidade
livros paralisados
solidão e medo
dor sem remédio

Mesas, copos. Minha casa
e
uma janela aberta.

Íris do arco-íris

As meninas dos olhos
  tornaram-se mulher
  no caminho da cor do arco-íris
  no arco da Íris
  na mítica, mitologia real
      ativa
      vida

Os movimentos de corpos
    reconstroem a fala
O movimento no corpo
      axioma do silêncio agente
            reagente
              a gente
              há gente
            ah! gente

Há
    avanço na expressão
    os corpos falam.

Desumano

Olhos de máquina
flutuando nas luzes violetas
espiando os
          sobreviventes

No festim da carne
   recua a vida
o mundo
    apático
observa os humanos
Os olhos metálicos computadorizados
focam as unhas metálicas
          desempregando
          desintegrando.

Eco-lógico

Palavras-sonhos
atos certos
horizontes plenos
panelas repletas
frutos suculentos

alimentam:
imaginação
crença
passos,
tristeza televisada noticia mundos.

sorrisos irônicos
transformam:
o tapete em relva
a relva em chamas
as chamas em cinzas
a realidade numa
impotente
coleta de esmolas.

Neve e seiva

Uma árvore comete alguns brotos
Precipitei-me achei que era primavera
        achei que a seiva corria

        Fiquei febril
      aguardando no vazio do corpo
           o beijo
Precipitei-me

        veio a neve de novo
       cobriu o broto
     encobriu uma saudade
     de corpos cobertos pela emoção da seiva.

Acordes

Um Quissanje sobre a mesa
calado
Um Quissanje mesmo calado me acorda
Observo uma madrugada tinta de estrelas
Madrugada me atinge em acordes Quissanje
Uma saudade filtrada respinga
          respinga
          cá
          dentro

Eu acordando em Quissanje
    soluço um sol
    grande e amarelo

Aurora instiga o instinto
    de contínuos acordes.

Olhos ossos

Quando no silêncio
me resguardo
os meus olhos envelhecem
meus ossos curvam-se a vontades alheias
Pelos gritos guardados
          velados
          dia
          após
          dia
sinto a precocidade da velhice.

Recadinho

chama lenta alisa o vento
o vento alisa a pele
o corpo pede para romper
           o absurdo marasmo
                madrugada.

Brincadeira de roda

Brinco de Palmeira onde não canta o sabiá

Brinco de morrer apodrecer

Brinco de brotar

Ciranda cirandando vamos todos cirandar
Mãos dadas à realidade
multiplico sombras no travesseiro

Brinco de acordar
Brinco de vida
Brinco de amor
Brinco de só.

Cantata

Balada nas entranhas dos séculos
são lágrimas jorradas nas tempestades noturnas
são os batuques trovoados
força corisco nas vielas do dia

Bater de pés nus no lodo decrépito
da humilhação imposta

Rumor em lábios cerrados cuspindo fel
por não poder gritar

Zunzunzum de revolta que une feridas

É a bateria dos que procuram harmonia
no cotidiano.

Genegro

*A partir do poema
"Quem tá gemendo", de Solano Trindade*

Gemido de negro
    Não é poema
      é revolta
         é xingamento
É abismar-se

Gemido de negro
    é pedrada na fronte de quem espia e ri
É pau de guatambu no lombo de quem mandou dar

Gemido de negro
    é acampamento de sem-terra no cerrado
É o punho que se fecha em black power

Gemido de negro
    é insulto
      é palavrão ecoado na senzala
É o motim a morte do capitão

Gemido de negro
    é a (re)volta da nau para o Nilo

Gemido de negro...
Quem tá gemendo?

Parto

Uma batida surda
dói ouvir
Viver viver
presa na gaiola
pássara
Já vi o infinito
fui constelação
Agora asteroide vagando
estrela cadente
dividi-me em duas
Dividida para não ser subtraída
fiquei inteira amolgada em cada pedaço
Chorei porque eu nascia.

Cenários

Cenário natural

Sussurro melodias
ouço blues no campanário
A Igreja da Consolação
não consola os de torsos nus
olhos esbugalhados
barrigas vazias

Cenário urbano

O viaduto indigente
O prédio bêbado
O assalto ao banco de sangue
Vivo vivo vivo vivo
Ambulante, cambaleante, agonizante
A vida em cruz exorcizou a vida
O que reluz é engano
sonâmbulo

Retirante da vida

É janeiro
O rio soma suas águas às das chuvas
Juntos correm enxurradas
Longe dali é novembro de estradas
Tanto caminhar destinos
Morreu de água, fugindo para não morrer de seca

Salve a América!

Ah!
Esta América Ladina
Ainda nos roubam o fígado, os filhos
Nos roubam a sorte
     A morte
     O sono

Ah!
Esta América Ladina
As três caravelas pintaram destinos
Santa Maria, nada teve a ver comigo
Pinta, roubou-me o colorido natural
                  de ser eu mesma
Nina, enfiou-me pela goela
          mamadeira de sangue, sal e urina
Até hoje me Nina em seus podres berços de miséria.

Sem

Este espaço onde a palavra polida, limada
É faca, navalha, espada

Neste espaço polido, poético, político
a olho nu sou:
      Sem-teto
      Sem-terra
      Cidadão Sem
      Três vezes Sem
Apesar de morrer aos montes
      Sem que me vejam
           Broto resistente.

Amiga amante

Queria que um rastro de luz se fizesse agora
e nos levasse ao espaço de nós duas
na manhã que a madrugada insinua
    ...e depois nos trouxesse de volta
        aquele abraço que nunca demos

No sorriso e suspiro
de vozes que se encontram
levasse aos olhos imagens que não vimos
trazendo ao coração ação que não dizemos

Queria que um rastro de luz agora
encurtasse a distância geográfica geofísica
geoespacial
e no sabor das estrelas saboreadas à distância
a saudade se tornasse menor que nossos braços
    ...e na encruzilhada desta via láctea
        nos encontrasse plenas
            nas procuras realizadas

Um suspiro um sorriso a paz a certeza o amor
        de igual para igual.

Zula Gibi

Azul amarelo

Momentos apenas estórias
o meu coração registrou
o corpo freme na lembrança
apenas momentos
apenas o mar alisando rocha
estórias
momentos
uma nuvem azul
fez chover num leito amarelo
luzes de acácias
perfume de rosas
salinas na noite
momentos, o corpo freme
lembranças de toques
lembranças de sonhos
estórias para relembrar ao pé do fogo do leito
um dia
dizer: "meu coração continua livre"
e no labirinto dos sorrisos e olhares
encontrar o amor igual
em flores, águas, terra, ar, sonhos, realidades
descomplicado sedento
da sede infinita de ser simples
e deixar-se acontecer acontecer
sem prender.

Zula Gibi

Florescência

Cálida e plena
No ar benfazejo
Cálida e zonza
De tanta vida
Cálida e exigente
Neste sonho de amor
Cálida e quieta
Flor que abre a corola
Em haste o gineceu a trocar pólen
   Com as abelhas
   No sabor do vento
   No sabor do alimento
Espargir partículas em gozo vida
   Nas asas frágeis da borboleta
Assim flutuar expandir-se entre abelhas e borboletas.

Zula Gibi

(Escondido na noite)

Gosto:
De niná-la em desejos
Olhar pelas frestas
Extasiada
Sorver paciente e mansa a taça rubra a gotejar
Inconstâncias
Sentir o instinto escorrer na baba crua do desejo e
Percorrer os vãos entreabertos
Oferecidos nas pontas dos dedos
Com gestos doces enlaçar segredos
Postos na fibra íntima do tempo
Repousar discípula a cabeça nas linhas: rio-mar-céu
No sem-limites do seu corpo no meu corpo.

Zula Gibi

Testemunhas de Safo

Eu me entrego no tesão
tensão de fios esticados
condutos de vozes e
          desejos
controlados
contornados
pela distância
Entrego-me vítima
do seu sorrir
do adocicado de sua voz
das mensagens e do silêncio
vou me entendendo
    esticando
aconchego-me a você
toques e imagens
    suadas
de um dia sermos
servas de nós mesmas
tendo Safo como
    testemunha.

Zula Gibi

Cenário televisivo

O olhar agoniado espia por sobre a nuca
o prato de comida sendo roubado
lentamente.
A verdade. A revolta assume o cenário
pedra pau atentado
Atiram. Tiram tudo.

Ser inteligível e o inteligível do ser para não ser ininteligível

Entre o eu e o infinito
construo a ponte
a ponte irreversível
da fala
da festa
do ontem
do hoje e amanhã

No espelho sou o olhar
o olhar que me percorre formas
e pela fresta sou eu espiando-me
inquieta
O coração em ritmo tambor
decifra mensagens
as palavras voam ao vento
Vão
E a cada tan-tan do coração
novas frases se formam
Vão
ao vento
o meu ser luma no seu contumaz leve brilho Vai
luzindo emoções indecifráveis
Voa Vai. Luzir Vai... Nos vãos da realidade...
um sonho Vai no lusco-fusco vespertino
aonde nos vãos da verdade os sonhos Vão
janelas abertas
lufadas penetram
trazendo sementes

Naquele meu vasinho de crisântemos que enfeita o
infinito da janela
entre as pequeninas flores-rosa-avermelhadas pousa
uma nova verdade
sementes de um futuro difuso
um poema se forma
na forma diáfana do tun-tun-tun-tan-tan do coração
em compasso de construção
desnudando o mundo num futuro crisântemo onde
o lusco-fusco é brilho intenso
onde as despedidas-de-verão se abrem a primaveras
de intenções

Catulagens

Ainda trago as catulagens feitas
       pelo tempo
na voragem do vento em meu rosto
Ainda trago no semblante um sonho
       abrindo-se
nos sulcos do rosto onde
sementes de vida foram plantadas.

Lição

Sonhei acordado
    caminhei dormindo
    percorri distâncias estando parado
    voei sem nunca ter tido asas
    injetei sangue aos olhos
Sem nunca ter estado com raiva
    gritei sem descerrar os lábios
    fui pesadelo da gargalhada
    fui alegria das lágrimas
Vaguei as escuridões sem ter sido noite
    e mesmo assim arrebentei a porta do dia
    em plena madrugada
    vermelho tingi a noite para a aurora chegar
    vaguei e corri corisco sem chuva
Perdi-me em horas dialogando com o silêncio
    que surdo berrava
Calei- me. Ouvi atrás das portas
    resposta em sussurro rouco
    EuEuEu aprendi.

Reboliço

Do oco eu sou a chave
    os vãos dos dedos
    o chão da noite
Ai!
Perdi-me no cheiro doce de mato amaciado
ao sabor das mãos
Ai!
Buli no grito do tempo
    ouvi o canto do lugar

Aí
    Sou o oco
      sou a chave
      O cheiro doce
      O canto
      O lugar
      O tempo
      O ventre e a bunda
Sou o encanto das chaves encontradas.

Interrogatório

Quem irá me cobrir de rosas
quando eu precisar de festas
quando o inverno chegar?
Quem?
Quem me dirá palavras que preciso ouvir?
Quem?
Quando o silêncio for uma íntima confissão de amor
quem estará ao meu lado?
Quem?
Deixará de interrogar-me princípios, fé e crenças
e me desejará assim mulher plena e prenhe
de um desejo feminil
        femeal
        verdadeiro?
Quem sorrirá para os meus lábios antes
do calor de um beijo
                e abraçará meu corpo
úmido
            pleno?
Quem?

O verso orou

Calei o verbo dor e o verso amor

metáforas profundas não vieram

emoldurei-me no silêncio

Na cara da lua mais tarde

explodiu

gozo

debochado

plenitude temporária

O poema inscreveu-se

Entrelinhas negritou metáfora

Orou

Desenhou palavras fortes nos espaços em branco.

Entoa

Versos tambores

marimbas surdos caixas

Quissanje tange

chitatas lançam sílabas ao ar

vozes acompanham

refazem sons re-afinam palavras

pautam pautam

tempos vidas

Ciata, Zica, Vanda, Tereza, Neuma, Dita, Maria,

outras tantas

sons e temperos

africanizaram inventaram África cari-oca

...lembrando estórias faço versos...

ao som de berimbaus.

Paulista seis é tarde

Equilíbrio difícil

esburacadas calçadas

finos saltos

sobressaltos

elegância duvidosa

cutucam frestas calçadas

Secretárias seis e meia é tarde

sorrisos congelados indecifráveis

Paulista sobressalto

dias acumuladas dúvidas

acumuladas dívidas

buracos

saltos difusos difíceis equilíbrios.

Afro-brasileiras

Mães, irmãs, esposas

anônimas mulheres guerreiras

força move pensamentos passos

gerações foram às ruas

lutas

sustento

dignidade

sonho melhor

avós, mães, tias
aves Marias
aves marinhas
silêncio e anonimato

Presença

voz de contínuas esperanças

banir pesadelos

da vida do país.

Senhora dos Sóis

Sou

    chama

    lama

    magma moldado

        endurecido

Sou

    naturalidade

    vento esfriamento dos tempos

Esquecer

    meu rosto

        gosto

        não posso!

Sangro

    em vermelho

    em preto

o choro de todos os dias

Esquecer?

    Não posso!

Sou

    o azul infinito

    onde o grito Arroboboi risca um arco-íris

    Sóis me guiam

Sou luz

    aura da incandescência rubra, negra

Sou pedra

    bruta gema diamante engastada na rocha sólida

Ergui voz, cabeça, espada

A palavra basta ressoou

    estourou as paredes divisórias.

Eu mulher em luta

Enluto-me e o poema sai assim
meio mágoa
meio lágrima
meio torto
toda lança

enluto-me por aquelas vindas no arrastão atlântico
enluto-me ao ver dilacerar pele, corpo e mente

eu mulher em luta
combato o ócio de quem não vê
no silêncio das casas os estupros-meninas
cotidianamente

eu enluto
toda mágoa
toda dor
toda lágrima
enrijeço-me sob o toque domador
marcando o desejo
sou toda combate toda força

eu mulher em toques no teclado
faço das luzes da tela meu alento
alimento em palavras
o meu desejo pleno de ser
e vou tiquetaqueando retirando das vogais sons
palavras e imagens
tamborilando mensagem vou

Canto de um grito

Para Conceição Evaristo

Tenho histórias
E urgências
Na insurgência das horas
Sei que a fome não espera
E doces de algodão de vento
Não saciam
anseiam
A fome dói
Estômago vazio não se engana
Ronca em grito surdo
A alma fica tensa
Tesa para o ataque

— Grito —

E as horas passam
A dor não espera a cura
Reivindica

Algodão doce de vento não engana
A fome não se alimenta de vento
Uso as palavras como tambores
Para soar ao vento vozes em gritos:
"A dor não espera" — Dói —
 "A fome não espera" — Mata —

Não vede!

Não me vedem os olhos
na hora H
sou um olhar de fogo
afrontando o seu olhar-gelo

Não me vedem os olhos
chega do meu nome constar em iniciais
indecifráveis
atestado falso de minha morte civil

não me vendem
não me vendam em notícias de sangrentas misérias

Quero olhar fundo lá no fundo
do seu falso pedido de perdão
e denunciar o cinismo histórico

Não me vedem os olhos
como a um condenado que vai ao calabouço

Não me vende
não me amordace
não me cortem as mãos

Letra por letra
sílaba por sílaba
escrevo versos duros
— palavras revestidas de chumbo —
faço tiro ao alvo na sua falsa piedade

Empunhando verbos, substantivos
perfurarei seus sarcasmos
e falsos arrependimentos

Jorrará em seus castelos
exército de eguns
saídos da porta sem volta para lhe assombrar.

Areias de Copacabana mareiam ou Maricotinha não está aqui

Para as vítimas do turismo sexual

Passou ao largo sorrindo
saltitava no viço dos seus 16 anos
sonhos muitos
Cinderela de uma vida
estórias ouvidas ali e acolá

Maricotinha não está mais aqui
passava bela
biquíni amarelo
gotas de sal, sol e mar brilhando na pele acanelada
passou ao largo sorrindo
Cinderela por falta de outros símbolos de felicidade
passou

Maricotinha não está mais aqui
passeava pés descalços
atritando as areias de Copacabana
Cinderela de símbolos falsos (beleza felicidade)
sorriu ao príncipe
príncipe(?) sorriu a ela

Maricotinha não está mais aqui
mareou
presa às algemas de falsos símbolos
mareou

se foi, atrás de castelos europeus
Cinderela de felicidades-areias
vagou

Maricotinha não está mais aqui
como areia e sal na água, sumiu

O príncipe?
Carrasco de um comércio de sempre
carne-mulher a saciar ânsias insaciáveis
no sumidouro se escondeu

Maricotinha não está mais aqui
o corpo acanelado?
é pó lacrado numa caixa sem destino

As águas do mar que banham Copacabana
têm mais sal de suas lágrimas silenciosas
um sonho Cinderela de símbolos falsos
por falta de outros.

Poemas esparsos
[1982-2020]

Veia ansiosa

A minha veia ansiosa
abandonou o corpo
louca... demente
saltou nos trilhos
da vida
a correr a deslizar
locomotiva... locomovida
pela ânsia... pela sede
espalhava-se, espalhando... espirrando
o vermelho vivo de sua pulsação.

Sábia demente
dar de repente
vontade de conhecer
o exterior do meu corpo
e pulando feito serpente elétrica
laçou... entrelaçou
angústias e desilusões.

E assim... como quem rompeu
com o todo
quis ser todo
deixando de ser parte
para ser nada
partiu e voltou
cansada...
veia louca ansiada...
laçando... enrolando-se
no meu corpo
realimentando ilusão.

Alucinação de ideias

Beberam o meu íntimo
roubaram o meu ser
com boca ávida, insaciável,
sugaram a seiva
vida

O meu estômago roncou
um som trovoada de protesto
e como uma pergunta
fora de hora
ficou sem resposta

A mão da bofetada
atingiu em cheio a face
crispando de dor o amor
contido

A luz iluminou a chibata
E o sangue restante na veia
soltou-se lento, mas pleno,
e a faca cortou o dedo
indicador do meu corpo

Dedo decepado
morreu inerte
no chão frio
da sala de visita

E a lágrima salgou
a palavra
e o corpo
deitou vencido

Repousa o anjo mau
dominado
como oração muda.

Imagens de um passeio

Estranho, ando por uma cidade vazia
São Paulo, vazia de passado
Talvez um passado não vivido
Imaginado...

Ando por uma cidade vazia
São Paulo, repleta de cinemas
Talvez nunca existidos no passado
passado não vivido
Imaginado...

Mas vejo agora, não imagino
Medo nos rostos das pessoas
Portas fechadas, janelas fechadas...
E dentro o nada
Solidão de aparelhos domésticos

O mundo, tido na TV
Nas ruas vozes tão altas,
Mal posso falar
Falar da rosa, da dor...
Passado não vivido
Imaginado...

Falo, vozes tão altas
Ninguém ouve.
Corre-se para atravessar as ruas

O carro breca, o guarda apitou
Vozes tão altas
Nada se faz entender
Presente vivido
Falo de um passado
Imaginado...

Sou eu o corpo estendido
O guarda apitou
Buzinas tão altas
Nada posso escutar

Certeza não sou o corpo estendido
Falo de um passado
Imaginado...

O bêbado espancado, arrancado do ônibus
vozes tão altas
desencontradas
Nada posso entender

Sou eu o corpo bêbado espancado
Luzes tão fracas
Mal posso ver
certeza não sou o bêbado
Falo de um passado
Imaginado...

Teatro de marionetes
corre-se tanto
Mal posso andar
relógio dono dos cordéis

Ao longo da avenida:
o corpo morto, o bêbado sangrando
Imaginado...

Ao longo da vida
mãos enfiadas no bolso
Calça "Lee"
cabelo despenteado,
olhos parados, fixos
registrando um futuro passado
Cidade São Paulo,
não sou eu...
Falo de um passado
Imaginado...

Ético

o eu civil
o eu poético
    encontram-se
juntos fazem farra em poesia.

Nada

Agora nada.
Nada!
nada.
nada!
Se não afoga.

Mar

Nos porões fétidos da história
comi podridões. Endoideci. Adoeci.
Atiraram-me no mar do esquecimento
agarrei-me às âncoras passadas-presentes
cavalguei as ondas
        desemboquei
            rumo vida.

História

Tenho uma história
os vendilhões de carne humana e ideias
        não querem ouvir

Uma história dos vendidos ali
        há 3 séculos atrás
        na praça histori-cidade

História de luta e resistência.
Os mercadores de minha carne chamam
                ranço
os mercenários culturais chamam
    .   agressão.

Comida

A arte une os cabelos
sensíveis
na
emoção
Os afagos bebem cervejas
corpos cristais
no fim da tarde
lavam pratos sujos
do almoço.

Desmanzelo

Perdi o botão da blusa
Fiquei em desmanzelos de sonhos.
Agora passeio com as tetas
        oferecidas
          a mostrar emoção.

Nascere

Nasci
    no rosto antiga ruga sumiu
Nasci
    enfeitada pele na pele noite posta.
Nasci afagada no berço   infinito
                          brilho da estrela.
Nasci
    a faísca de um raio emprenhou-me.

Carne

Ceia posta na sala-visita
pisca uma vista
O meu estômago ronca
babo-me. Anseio a carne.

Negrume

Negro lume
acoita o verso
que ainda não explodiu
na cara branca do ódio.

Palavras

Faço poemas. Na verdade procuro palavras para um poema.

Procuro-as nas revoltas das passeatas, nas lembranças do passado e vou encontrá-las gemendo de prazer na cama do amor.

Procuro-as nas esquinas, vou encontrá-las enfileiradas esperando a chegada do ônibus.

Procuro-as nas mãos do pedinte, vou encontrá-las no bolso do comerciante que as protege com dedos armados no medo de que eu vá assaltá-lo.

Palavras para um poema:

Procuro-as no sorriso de satisfação da mulher grávida e vou encontrá-la no seu temor do futuro.

Procuro-as no olhar infantil de uma criança nas ruas da cidade e vou encontrá-las na incerteza de seus pés descalços.

Procuro-as dentro de mim e vou encontrá-las na noite multiplicadas em estrelas.

Procuro-as na satisfação de um copo d'água, vou encontrá-las afogadas na inundação dos sonhos desfeitos.

Procuro-as na multidão, vou encontrá-las escondidas no vão das portas.

Procuro-as no viaduto do Chá, vou encontrá-las correndo para pagar o aluguel que venceu ontem.

Procuro-as no repinique do samba e vou encontrá-las rasgando a fantasia das quartas-feiras.

Palavras para um poema:

Procuro-as na calmaria da novela das sete, vou encontrá-las defecando miséria no vaso sanitário.

Procuro-as, procuro-as para alimentar-me no seu sangue e sentir-me gente, vou encontrar suas veias rasgadas tingindo o asfalto após atropelamento criminoso.

Procuro nas mulheres virgens, vou encontrá-las curradas na saída das gafieiras.

Procuro-as nas mulheres curradas, vou encontrá-las virgens a esperar o príncipe encantado.

Palavras para um poema:

Procuro-as e às vezes as encontro escondendo-se de mim dentro do meu casaco.

Aleijado

Nos sentimentos de braços curtos
escapa calor.

Abraços rotos.

Febre de mãos amputadas
alisa o corpo desejado.

Flor

Êxtase, seus lábios aproximam-se
desabrocho em flor
    Aguardo
Lábios e Flor despetalam-se.

Vida

O nosso medo a noite engoliu
elaboramos nossa fome
lambendo delícias de groselha e creme

Banhamo-nos na manhã
vestimos nossas máscaras risos
ficamos insatisfeitas.

Vudu

Tem uma estrada
deslizando morro acima
      escondida
onde uma curva faz serão.

Esta estrada entra na solidão
percorre saídas
onde a curva faz aceno
      às tristezas escondidas
enterrei nela o Vudu das incertezas
cravado em alfinetes
      de mágoas
para liberar o ventre.

Careta

O sol fez cara feia
ao ver-me passar nua
   nua
      nua... e
seus raios indecentes
não puderam me enlaçar.

Silêncio

Larva acolhida
  grita grita na gruta
    grita ecoa

  Hoje nasce
    o
  amanhã distraído

O amanhã veste colorido abre-alas
  afronta o luto falso
  das paixões sextas-feiras.

Cheiro

Acre-doce relva exala
aromatiza poros abertos suados.

Exala orgasmos diários.
Relva acre-doce
aspiro aspiro aspiro
ar   ar   arrépio
abro poros nos seus poros acesos.

Busca

Procuro-me às escondidas
entre avenidas vejo-me
        oculta
boca aberta
    a secar esperanças.

Oxum

No espelho d'água
contemplava-se
      contornos arredondados

Amou-se

Água de cachoeira
      límpida e misteriosa
desaguando intensa
redemoinhos no leito do rio

Molhava-se
      na rubra gruta secreta
envolveu-se em profundidades
provou sabores

Entre ais e ais em si mesma
      deleitou-se

Mandou Narciso às favas

Ninguém morre se amando

Zula Gibi

Bel-prazer

Indecorosa é a noite
    em estrelas luminosas
        e o seu corpo ao banho
            gotas luzidias a escorrer
                depois em cafunés
confunde

                desejos
                  e
                ternuras

Indecorosa é a noite
        a fazer canções com o vento
Entretoque entressonhos entreaberta
        do seu corpo extraio música
Indecorosa é a noite que celebra rubra
        madrugada na taça do dia
Indecorosa você a sorver o vinho que lhe dou
        lábios carnudos entreabertos
        com gosto de gozo

Zula Gibi

Falo

Eu falo
a minha fala é um falo
que atravessa suas certezas culturais

Da laje

Avisto a vista
através das pontas
vermelhas da flor
que se estica.

Olhar aguçado
vejo beleza
poesia que se arquiteta
nas linhas retas
sobrepostas.

Vida irregular que se vive
esticando segundos
na periferia.

Cara pintada

Minha cara
face feições
idealizadas
por Oxalá
moldada na verdade natural
vida que ostento

Minha cara pintada é esta
com a qual saio às ruas
todos os dias
dia após dias

uma luta constante
pela minha dignidade.

( )

Existe um vazio
feito de lágrimas
decepção
o vazio se esvai.

Sumidouro Brasil

Hoje a insônia
sons de bombas de gás lacrimogêneo
pipocavam
como se fosse preciso gás
para nos fazer chorar.

Hoje percebi na insônia
que carrego muitas perguntas
perguntas que não se calam
e a insônia não deixa sonhar

Hoje especialmente hoje
perguntas retumbam
tumbam
tumba tumba

Arrebentam as vidraças
as taças de cristal
nos palácios reais dos governadores e presidentes

Na alvorada
Guanabara
Pauliceia
alvoroçam vozes
saídas de um coral cibernético.

Encoxar

Alheio aos olhares
na janela
na praça
os troncos
encaixam-se
entrelaçam-se
interpenetram-se

Harmonia na dança
nua na rua
a luz do dia.

Cavalgo nos raios de Iansã

E me vou por entre a greta
aberta no céu
no prenúncio da tempestade

A cidade me asfixia
em concreto desamor

Eu por entre greta aberta
alço-me
entrego-me toda no colo da liberdade

(In)vento

Palavras o vento leva
então que leve
leve
as que profiro
em forma de poemas
para perto de você.

Quebre o silêncio
a distância
cochichando coisas ao seu ouvido.

E o arrepio que sua pele expressa
seja o carinho meu
em toque poema palavras.

É tanto querer

Eu quero a paz
De meus versos
Eu quero um instante
Um instinto um momento
O silêncio
As horas
O lugar.
  Eu quero um instante
  O instinto guardado no útero do tempo
  A luz refletida no olhar
Um sol e uma lua com uma estrela cintilando
No meio da testa.
Eu quero a liberdade
Os cabelos anelados
Esvoaçando com o vento.
Eu quero o azul
Ar entrando pelas narinas
Revitalizando
E depois deitar na praia
Comendo goiabada.

13- 1978 a 2013

Continuam nos matando
por "acidente" fatal.
e se desculpando em Rede Nacional.
Um poeta um poema um verso...
Não salvam, nos versam.

Luangar

A lua luanga nos arredores da emoção
Penso em como as estrelas são distantes
Sinto como as estrelas são distintas
Constelação de nós
Constelação em nós
As verdades da noite

Não estou só
Mil olhos meus me olham
A noite tem existências

Nomes vidas sonhos e suores
A gotejar palavras infinitas
Do infinito carregado de nós
O infinito nos carregando
Na existência resistente somos

A lua luanga em mim
Brilho prateado
Preto fluorescente

Colho a prata prateada luangada
Secando as lágrimas
Secando lágrimas
Ostento o brilho
Palavras estrelas.

Gira e gira nessa gira

Chorei
Choro lindo e pleno
Saber
Sabedoria
Sussurrada no tempo
Chorei
Ao saber
Brisa e furacão
Irmanados na mesma moeda
Mesmo tempo
Mesma idade
Chorei ao saber
Princípio e fim
Finaliza e principia
Mesmo lugar
Levantei a mão
Em leque que gira.
Gira gira e gira

Epahei.

Intensifica

O olhar
Toques com a íris foco
Arrepio lá dentro
Lá num lugar onde só cabe o olhar
E a cumplicidade faz morada
Uma morada tão fêmea
Intensa fica
E pulsa.

Inteireza

Só queria
Estourar tímpanos
Quebrar portas
com o pé esquerdo
Estourar vidraças
com a mão direita
Gritar
com voz rouca
Sussurrar
dócil dócil
Revelar o inteiro
que não cabe na metade
do olhar.

Gulodices

Gulosa que sou
Insaciável em sonhos e desejos
Mentalizo
Você materializa-se em mim
Vou
Entre doces e cremes
Lambuzo-me
Poros e poros
Lambo delícias
Que me oferece ofegante.

Balada no balanço

Sonhava com mar
Sentava-se no balanço a balançar
Mirava o azul infinito
Todo um céu para flutuar
Deixar-se levar

Assim vivenciou o Olo (depois)
Conheceu o Kúm (mar)
Vivenciou as profundezas de Olokum

No balanço a balançar
Por entre as árvores conheceu o fundo do mar
Infinda se foi de mãos dadas a si mesma.

Brado

Que ninguém
Ninguém mesmo
Se interponha
Aos meus óleos
Essenciais
À minha pele brilho-perfume
Em noite de lua nova

Que ninguém
Ninguém mesmo
Se atreva a pôr a mão
Nos meus tons
Cores carmim, violeta, rubro-negro
Havia esquecido como era bom
Batom colorindo os lábios
Não mais ressequidos

Que ninguém
Ninguém mesmo
Se interponha entre eu
E eu mesma, eu e mim
O meu ser
O meu não ser

Que ninguém
Ninguém mesmo!

Interrompa os meus silêncios.

Breves

As palavras me agasalham
Aquecem
Enxugam minhas lágrimas
No lenço de papel
Os poemas ficam registrados

Fora e dentro

Corpos e não corpos
Flutuam
Ligam
partículas que movimentam vontades
Eternizam
o etéreo que há em mim
Expando
alço lugares
vou
fundo e fundo
perco-me
acho-me
abraçada a mim
por entre as fendas profundas
no marvida.

Saudades na quarentena

Saudade de gente
De cheiro
Até de maledicência
Daquele cara branco
Que se levanta
No meio da minha fala
E diz que racismo não existe
Que eu invento
Para me aparecer
E eu engolindo seco
Mando ele se fuder
Saudade de gente viva
Não na tela virtual
Gente viva gente real
Quando sair da quarentena
Que são noventa dias
Ou cem
Não sei perdi as contas
Hei de grudar alguém
Conhecido ou desconhecido
Num abraço apertado
Que só o polícia
Para me desgrudar.

Livros
[1983-1985]

MOMENTOS DE BUSCA (1983)

À poeta que me ajudou a encontrar
a poesia (Minha mãe).

Ao homem que fez do livro meu melhor
presente (Meu pai).

Ao poeta Cuti que provou
que eu posso.

Estranho indagar

O que procuro?

Não sei

O que oculto?

— Não sei

As labaredas esquentam-me
fazendo ferver o corpo

O que procuro?
              A vida?
              A causa?
              As coisas?

O que oculto?
              a penumbra?
              o amor?
              o exterior?
              a vida?

Nesta medida de copo sem fundo
não existe a certeza
o aparente mistura-se
com o oculto.

O vulto não é o vulto
sou eu.

A imagem está turva
o vulto está nítido
vejo sua boca
ostentando dentes
como teclas de piano
querendo devorar
engolir
degustar
anular.

Vejo a língua salivando
louca raivosa
babando palavras
desconexas.

O que oculto?
        o delírio?
        o sonho?
        a imagem?
        o que procuro?

O que procuro?
        — a flor que desabrochou?
        — a criança?
        o redondo do mundo?
        a fera na toca escura?

É tão próxima
        a imagem
        o vulto

Eu.

O vulto
nítido
refletido
escondido
me toma todas as manhãs
penetrando em mim como verdade
bebendo café preto
comendo pão sem manteiga
lavando o sonolento rosto
higienizando o corpo
com perfumes vulgares

O que procuro?
            o que oculto?
— todas as respostas?
            perguntas?
— todas as afirmações do não?
— todas as negações do sim?

O que encontro
escovando os dentes
limpando as unhas
usando os sanitários
com expressão idiotizada?

O que oculto
perdido no armário
cutucando lembranças
escarafunchando a vida?

Meu vulto e eu

Eu e meu vulto

inseparavelmente

juntos
nos encontramos
bem mais que mãos dadas
clareando a madrugada
com olhos estalados
        na insônia
encostados num lençol
cheirando limpeza
        de sabão em pó
torcidos na máquina de lavar.

SP, 14/11/80

Cristo atormentado

Surgiu um Cristo em meu coração
atormentado calado
de braços abertos
e peito apertado

Crucificado por suas próprias mãos
coroando a boca
com frouxa coroa de espinhos
frouxa, eficaz

Adormecendo a mente
este Cristo é herege
mentindo contra a força
forçando a "barra" na verdade

Cristo de voz rouca
sangue na língua
do chicotear das palavras
ferida aberta

Santo herege
finge não doer
não chora não grita
não implora.

Surgiu no meu coração
Cristo autocrucificado
saído à hora da morte
entrando em minha

apertada vida
sangrando o meu ser
registrando tudo
resistindo a tudo.

SP, 11/9/80

Pés atados corpo alado

Não... Não... Não... posso
mãos atadas
pés acorrentados
sinto todas as vontades
todas
humanas
desumanas
morais
iguais
desiguais
adversas ou não.

Não, não
Não posso agir
pés atados
correr?
Não, não
não é permitido

Mãos algemadas
gesticular
acariciar
fazer gestos obscenos?
não posso
não podem
estão presas
estou preso

Posso pensar?
Posso pensar!

deixaram livre
minha cabeça
minha mente
estou solto
estou livre.

Estou alado
poderosas asas
saem do meu corpo.
Batem vigorosas.
Alçam voo
rompem barreiras.
Saio vagando
voando
pássaro alado
humano alado
poderosas asas
flutuando no prazer
solto livre
moral, amoral
igual, desigual
humano desumano
sem inquéritos
fichas e muros
sem registro de nascimento
estatísticas
números, castrando a vida

E a mente livre
continua
voando
conhecendo

espaços novos
até soltar-se
realmente
verdadeiramente
dos parâmetros
das normas
das regras
das normalidades dos seres anormais
sem vida
sem nome

Voando rompe barreiras
livrando-se dos muros
das amarras
caindo solta
no mundo
na vida.

SP, 16/7/80

Depreendendo

É a depressão
é o arrefecer da crença
no mundo
arrefece a cada novo conhecimento
o novo aprender a pensar
estou acreditando no poder
no poder imutável
das forças ocultas
das torturas mentais
que esgotam a todo minuto
a resistência a persistência
do ser
num achatamento desumano
numa diminuição gradativa
até o mínimo insuportável
do querer ser
aprender conhecer
do que vale?
sinto o gosto amargo
da derrota
vejo crescer o monstro
o poder invisível
mas palpável.
Cuspo saliva
amarga
nas esquinas da vida
a vitória ilusão final
a derrota
cotidiana

conhecer, saber, aprender
do que vale?
Vejo maior o monstro
e não encontro
armas para vencê-lo
argumentos?
do que valem?

SP, 24/6/80

Egoísmo

Estou egoisticamente triste
O vento da tarde assovia
Em meus ouvidos

Estou egoisticamente triste
a vida desfila como sempre
o vento sopra sussurros
coisas sem nexo

Estou egoisticamente surdo...

A praça movimenta-se
no eterno vai e vem
gente passando...

Estou egoisticamente parado.

As pessoas sentam-se nos bancos
procuram ver... (o nada?)

Estou egoisticamente cego.

O "homem camelô"
vende em pleno centro...
São Paulo
ervas milagrosas.
A multidão cerca-o
compram promessas de cura

Estou egoisticamente são

O sorriso do velho de muletas
não tem dentes sãos
(propaganda de dentifrício).

Estou egoisticamente sério.

As mãos estendidas
moedas esmoladas recebidas
A praça...
a tarde...
o vento...

Vento soprando...
angustiado
agitando roupas
papéis
árvores

Estou egoisticamente
surdo
mudo
cego.

O agitar das coisas
desperta em mim
saúde doente

Estou numa egoística resistência
sem choro
sem riso
sem...

Cena do cotidiano

Passei na avenida
não quis entender
o pedido
berro de súplica
de um corpo
malandro bêbado
sentado...
pedindo socorro
faminto de carne
faminto de amor
dizia em versos
poemas ou poesia
heresias sem sentidos.

Num repente de consciência
                    amor
                    ódio
                    perdão
parei a compreender o sentido
das palavras do homem.
do bêbado
      malandro
      louco
sentado, delirando álcool e fome

"— Quero berrar mais alto

chegar ao infinito

morrer...

Estou soluçando
pedindo uma ajuda...

A fome me mata

sei que não é morte

nem fome

É tudo que não posso entender

Quero correr em desafio
soltar meu corpo
lamber sem sentido
as verdades
as mentiras
não ditas
não ditas
verdades escritas
que não posso entender

Quero minha veia sangrando
o sangue tão frio
escorrendo nas calçadas
sendo limpo com água salgada
e vassouras
Benditas! Benditas!
BEM DITAS!

Como um aflito

libertar num grito

— Quero Viver! Quero Viver!

QUERO VIVER!

deitar sem repousar

     sem pensar

Quero me sentir solto
tão solto...
como a gargalhada
do louco
sem dono
no abandono
sentir o conforto
do beijo mais puro
do ato escondido
detrás dos muros

Quero...
meio trêmulo de vergonha
dizer num olhar
prá não me olhar
pois sou bicho feio
sou cobra criada
criança estúpida
entupida de doce
dizendo besteiras.

Sou ser ignorante
não posso entender

as coisas
as coisas
verdades
mentiras
escritas e ditas
a todo momento.

E...
num insano pensamento
digo bem claro:

— Quero Viver! QUERO VIVER!

Quero me ver

na morte do aflito

no rosto escondido

na palma da mão

nos olhos que não choram

no fim da verdade

e de mentiras

não ditas

Quero sair
sentindo alma liberta
nas mãos justapostas

Numa poça de sangue
resumir a verdade
de quem quis viver
viver...
simplesmente."

SP, 17/10/79

Fantasia

Segurar esta fantasia
Ouvir no vento
a voz do tempo
dizendo-me: — "vai"

Subir os degraus
escada invisível
fazer o impossível
realizar-se de repente

Comer do pêssego maduro
nascido no espaço
preso à árvore
nenhuma

Brincar de verdade
sonhar a realidade
dormir sem veste
amada
reconfortada

Dizer uma prece
sem nexo
sem verso

Amar abraçando
um tronco de árvore
escorrendo da boca
a seiva da vida

lubrificando a garganta
saciada do fruto engolido
dormir tranquila
segura do amanhã
sonhado.

SP, 25/2/80

Embriagada

E como quem se embriaga de si
sai batendo cabeça
nos postes
nos muros
nas paredes
trotando pernas
nas poças
nas camas
salientado a sujeira
a coceira
a insatisfação

Enferrujando inteiro
debaixo da chuva
de palavras
de salivas
de esperma

Dando cambalhotas
piruetas saltos mortais
saindo mortalmente vivo
superficialmente ferido
embriagando-se
brigando com tudo
e a fé obrigando
a beber e se encher
de ferida

E a vida
chovendo dia após dia
empurrando
enxurrada abaixo
este ser
à toa.

SP, 3/12/80

Magma

Lembrando o magma
enlameio o mundo
numa vontade
lambo a terra em desejo
nunca saciado
lambo o topo da montanha
e juro: — "É por amor ao mundo"

Por amor ao mundo
eu o odeio (às vezes)
Cravo nele minhas garras
arranho suas costas
ou encostas
Cravo-lhe semente
e vejo nascer a planta
colho e vejo morrer
o fruto

Lambo o mundo
labaredas quero-o destruído
para vê-lo reconstruído
todas as manhãs
cravando-lhe sementes de esperanças
de vontade
de amor
de querença
sem saber (as verei brotar?)

Lembrando o magma
eu esfrio endureço

e me afundo
no fundo do mar
no meio da terra
no meio de pernas
ferindo o mundo

O mundo, vê-lo em movimento
quero vê-lo
indo... indo...
em direção ao... (não sei)
qualquer coisa melhor
qualquer lugar melhor

SP, 3/12/80

Fusão

Quero agarrar o sim e o não
existentes em mim
a água e o corpo
formação corpórea

Quero flexioná-los
num processo químico
fundindo-os em aspectos
únicos

Quero eternizar
nessa prática
a inconstante e incerta
realidade do talvez
que domina a certeza
do todo sempre inacabado.

SP, 10/7/80

Passos ao mar

Gostaria de concluir tudo aquilo
que meus olhos veem
não conseguem enxergar

As palavras que interpolam nos lábios
não se soltam

O riso solto fere os sentidos

As mãos querem agarrar
o noturno

Os cabelos sensíveis tocam fundo

Os pés alisando a areia molhada
arrepiando o corpo a cada passo

Os passos dirigindo-se às águas salgadas

O sol a água banhando-me
os olhos fechados para não verem
os morros verdes
escurecendo
tomando formas incertas
tentadoras na noite.

Noite completando o meu sonho
Lua embaçando o vidro de minha razão

Razão de sentir um único desejo
Desejo adulto forte
bom solto
quase completo.

O rosto sorrindo
esvaindo-se prazerosa sensação
areia, mulher, luar, sorriso
completando o inevitável
natureza seguindo seu curso
mar...
Mulher cumprindo seu curso
Vida...

SP, 30/6/79

Marcas

Passei entre os muros
ralei minha mão
prego enferrujado
o sangue saltou
escuro... quente
reação à toa.

A carne ferida
apanhou resíduos
infectos virulentos

O sangue envenenou
o corpo
lentamente...
a dor marcou a face
o sorriso mordeu os lábios
os pés estancaram
deixaram de correr
loucamente...

Os joelhos baixaram
em terra pedindo perdão
PERDÃO

à vida

à humanidade

a Deus

ao corpo... ao corpo

O corpo
negou os ensinamentos
e caiu vencido
num sono sem horário
sem tempo
final...
final...
finalmente.

SP, 11/10/79

Indo

Agora é hora de ir.
Estou na porta
de costas pra saída
(ou será entrada?)

Os pertences de uma vida
carrego todos
sem embrulhos
malas,
estão todos grudados em mim
inseparáveis fardos.

Por instantes
fico parado olhando
olhando simplesmente
olhando.

Olhando:
      Pasmo?
      Triste?
      aleijado? alijado?
Não sei.

Sinto o peso
não sinto frio
sinto fome
um vazio

Penso...
agarrar?

pegar?
pecar?
Não sei.

Sei que estou
                tonto
                zonzo
                bobo
                bambo
dói em mim o intestino
sinto vontade de:
                defecar
                vomitar
consubstanciar num ato
(qualquer ato)
o que me aflige
o que me infligem
o que me afeta.

Mas...
estou de costas para a porta
(entrada ou saída?)
Não sei...
é hora de ir.

SP, 26/5/80

Lamento

Não quero falar
a voz morre seca
na garganta
implorando por um gole
de água
de pinga
de cerveja
de liberdade

Eu não quero dizer
engolindo tristemente
as agulhas da opressão
ferindo a garganta
rasgando
sangrando
dilacerando
a razão

Não quero saber
de Deus
da vida
da morte
de você
de mim

Não quero cantar
o que ofende
o que implora
o que deflora as mentes

em toque
em tapas
em murros
nas masmorras da vida

Não quero gemer
mas...
o grito
agudo desafinado
exala estalando
a língua amordaçada
sofrendo calada
sofrendo dizendo
cuspindo sangue
de doença não descoberta.

SP, 12/11/80

Luta do ideal

Acordei numa solidão de vida...
de cores
de amores
de visão do ideal
pensei comer migalhas de sanduíches
dos sonhos alheios...
sem ilusão
sem perspectiva.

Engoli a seco
a indigesta alimentação
arranhando minha garganta
doída de gritar
de tentar

vi de repente
amordaçada a boca
amarrado o sentimento
desbotado barrento
dos dias passados.

Olhando vago...
Pensei
(eu sei da força que vem de cima
impedindo a subida
empurrando para baixo
sempre com mais força
para gente não subir

até cair sentado
na poça de lama).

No mesmo instante reagi
encostei o pensamento
hora de mudar tudo.

Eu tenho uma espada
legada por um antepassado...
D. Quixote (talvez)
Espada real e verdadeira.

Armada de guerra...
refeita a garganta doída...
gritei pra mim:

"— Vou à luta!!!
    Vou lutar!!!
Defendo um ideal...
Real verdadeiro."
saí
empunhando espada
legado d'um passado
na luta da reação.

SP, 17/10/79

O homem

O homem
levantou a cabeça
atitude instinto
no tempo exato
de ver o sol

Sol morrendo
horizonte vermelho...
como sangue
jorrando em seus lábios

Sangue sem gosto
sem sal, sem dor
decorrência... mero descuido

O homem mordeu
a língua, a voz, o canto
na hora do palavrão

Homem seu vulto
contrapunha-se
destoando
da claridade reinante

Homem
apenas um humano
um Deus
ofendido
alquebrado.

Homem-Deus
seus joelhos
não baixaram-se à terra

Com as costas das mãos
limpou o líquido
vermelho pegajoso.
Num soluço
completou o ato
sem medo
sem dor ou rancor
Não engoliu o palavrão
alimentação indigesta

Eu tive
a impressão
difusa
indecisa
de ouvir o mundo
dizer:
— "A m é m".

SP, 24/8/79

Angústia

As horas não passam
os dias, os segundos
o ano não termina

A angústia grita
tão forte
tão alta
os tímpanos pensam em estourar

A cabeça retumba
e dói na seriedade
de um sorriso
mal feito, maldoso
mal dado

O mel queima
a língua
cortando pra sempre
o tom simples das coisas
tolas
quentes
calmas
boas.

SP, 1979

Bolindo sexualmente

É o que rebola
é o bolir
na minha janela
sem deixar possuir
é o dormir na minha cama
mexer com a gana
do meu ser...
sem deixar possuir

É o bolir
é igual a minha mente
é o pensamento implícito
mexendo na janela da consciência
sem deixar possuir

Às vezes nas horas mortas
sorrateiramente
deita na minha cama
marca sua presença
manchando o lençol
e sai vaidosa
incólume
rebolando as volumosas ancas
e os meus olhos gulosos
voluptuosos...
contemplam
as mãos querem tocar
os arredondamentos das formas
e não as têm

só tem as manchas
como lembranças
                deixadas
nos lençóis da mente

SP, 20/8/80

Trapos e nudez

Vesti minhas roupas
velhas roupas
os farrapos que tirei do armário
olhei no espelho e não vi
                              meus olhos
agarrei nas barras
nos corrimãos da minha lembrança
despenquei numa queda
                 Soturna louca
num poço escuro.

Os farrapos que vestia
perderam-se nos espaços
(inúteis trapos)
E ao estatelar-me no chão
na poça desta vida
envergonhei-me da minha nudez
procurei os velhos trapos de roupas
não encontrei.

O frio percorria as minhas entranhas
minha negritude inteira à mostra
pelos
pele
chocando o mundo
o mundo chocando-me

Procurei
mão
corrimão

pedi perdão de joelhos
olhei no espelho
estranha figura decomposta
EU...
notei estava desnuda
falei em voz rouca
        muda
tantas coisas tolas
que ao chegar à boca
caíram no vazio
sem eco
sem resposta.

SP, 26/9/80

Vidraças quebradas

Num frêmito
um gemido
senti as pedras
pedras de palavras
acertando minha razão

Não deu pra ver
a primeira quem atirou
só senti a vidraça
transparência dúbia
deixada à vista
na fachada
quebrar, espatifando-se
em estilhaços

O interior vulnerável
visível a todos os olhos
mostrava-se inteiro
tímido pudorado
diante do astuto
maldoso espectador

Lufada fria
invadiu o interior do recinto
abalando os alicerces
fazendo tremer de medo e pavor
o outrora
tranquilo morador.

SP, 21/2/80

Despudor

Por um momento esqueci
de mim
libertei o meu corpo
da mente
DESPUDORADAMENTE

Arregacei as vestes
deitei em seu regaço
sonhei meu nego tolo
tolas coisas

O seu calor esquentando
o meu corpo
cantei um ai surdo!!!
abafado.

Nos meus ouvidos
respiração entrecortada
e encontro a confirmação
você em mim.

Suas mãos possuidoras
calorosamente, despudoradamente
confirmam afirmam
AMOR.

O som da noite
o vento no telhado

os cachorros latindo
em cio.

No quarto nós
tensos os sentidos
despudor reinando

No nada qualquer
vida toda vida
promessa esquecida
no nunca mais lhe deixarei

Despudoradamente
alisa os meus cabelos
aperta-me os joelhos
e promete amor

Amor quente e carnal
DESPUDORADAMENTE
irrompe as minhas
defesas

Fico tola indefesa
entrego-me
seu regaço
esqueço o cansaço
liberto-me..............
DESPUDORADAMENTE

SP, 18/1/78

Imaginando o mundo

O meu mundo
não tem a dimensão
dos meus passos

por onde os meus
pés pisam
é a milésima parte
do mundo que a minha
mente navega.

A alma flutua
solta lenta liberta
sem linhas geográficas
       geométricas
horizontais ou verticais.

E o mundo é este
o da liberdade imaginativa
o espaço do ser (de ser)
sem limites...

A plenitude do universo
sem barreiras
sem muros
sem medos
contém arrogante
mundos sem nomes
sem países
entrelaçados

entrecortados
entrevendo sem entraves
pleno...
amando-se por todos
os rumos e métricas
sem rimas
mas rico de ser

Ah!! o meu mundo
não é onde
os meus pés pisam
não é finito
o mundo é tridimensional
tem o tempo da mente
o espaço da alma
da liberdade criadora
imaginativa
do humano simples
bom e livre.

SP, 8/7/80

Momentos de busca

Assim vai-se arrastando
a existência...
Mais um dia...
uma perda...
um achado.

Vai-se tudo
o rumo é comum
morte...

Os minutos são momentos
momentos de busca
infinito de achados

Encontros afáveis
desalentos descartáveis

Os sussurros das horas
o som do instante
do instinto...

A luz que se acende
na lua que brilha
no sol dando lugar
às nuvens...
nuvens negras.

Mais um dia...
e perto estou

do rumo certo
comum e imutável

Certeza do fim
sabor de sal
e de terra.

Momentos eternos
busca incessante
acertos poucos
desacertos difíceis
e incomputáveis...

Amor, perdão, lágrimas
e a mão ao longo do braço
querendo tocar
o pisca-pisca da verdade

A mente infundindo
ao todo humano
desculpas coloridas
doces e confeitos
nas palavras.

Palavras...
alisam, afagam...
... não confortam
e não atendem.

Certeza, ilusão, esperança
Resumo, do arrastar
dos momentos de busca
da busca dos momentos.

O epílogo...
Encerra-se
com apresentação diária
de um novo prólogo
sempre um novo prólogo
até o epitáfio final.

Morte...
morte do momento
morte do momento da busca
no desfechar da dúvida
na procura
na vida.

SP, 11/8/79

ESTRELAS NO DEDO (1985)

*As palavras explícitas brilharam
estrelas com olhos, enigmas naturais...*
Clóvis Maciel

*Aos meus irmãos Edson Maurício
e Vera Lúcia,
por existirem na poesia cotidiana
da vida.*

*Aos poetas que um dia encontrei
na encruzilhada da criação.*

Voz

Sou a voz do vento
quebro o silêncio do planeta
acalentando a solidão das casas.

Guardiãs

Esconderei meu sofrimento
nas entranhas do vento
guardarei as lágrimas
no pote das nuvens
reavaliarei as intenções
        da natureza
Farei das montanhas
guardiãs de meus segredos

Escreverei com um corisco
o fogo das emoções
as verdades de hoje
para não serem
segredos de amanhã.

Asteroide noturno

A noite é intensa
seu colo de veludo
absorve-me

Na noite intensa
calo-me
aquieto-me quente
entregue à intensidade
de seus movimentos

Ah! Noite
resolvo-me em você
qual asteroide navego a esmo,
sinto prazerosa sensação ao penetrá-la
nas inconstantes emoções da viagem

Na noite intensifico-me
flutuo nas nuvens
espiando cautelosa
os olhos das estrelas
pisca-piscando
tentando seduzir-me

Ah! Noite
desvio-me dos brilhos estelares
mergulho em você — noite
revigoro-me.

Nas nuvens

Vento vela velando
meus sentimentos escondidos

Vento vela sua voz
sussurra sombras solitárias
ávidas, famintas, sedentas

Vento vela viaja
as correntes atadas da fala
faça quebrar-se
soltar-me no quieto da noite

Vento vele sopre
nas nuvens
abra caminhos onde me faço
plena em suas mãos.

Restante de esperança

Resta uma voz
lançada no deserto
lamento dorido
a cada eco
     Ressoa
explode tênue reflorir
esperanças cansadas de lutas
espreitam.
    No eco
distante, espera
 encostada na vontade de cantar
 soltar o engasgo da voz
Numa intenção de luta.
Resta reflorir
    outras respostas
ecos produzindo resvalações
nos choques das forjas
    com grilhões
fomentando chamas
    de Esperanças.

Ganchos de interrogação

As soluções atravessam
espaços
escapando pelos vãos dos dedos
Eu olho:
       As respostas trazidas
em sacolas
              grudando em mim como
                     dúvidas
              simbiotizadas na neblina
                  dos olhos

Grito
    lavada de suor
com os pontos finais
enroscados aqui, ali
escorregando
nos ganchos das interrogações.

Vontade

Quebrar a casca
ver o conteúdo saindo
vestido de roupa de festa
fazendo um carnaval
em cima dos verdes
      talões de cheques
Ouvir o tumulto
ampliado em aparelhos
     especiais
   atrás das grades.

Pegar a bengala mágica
flutuar num lampejo
   sobre seu cajado
Ofegar babando por sobre
     solidões
   metafísicas

Arrebentar as gazes brancas
     da indiferença
consumidas na voracidade
    do tilintar metálico

Arrebentar o espírito
conservado sobre as mesas
    consumistas
desunir as mãos postas no medo
  cuspir na sobremesa
    liberar a fera.

Saber da chama

Beber nesta chama
que esgueira silenciosa
tensa e dúbia
afogueando a garganta
aquecendo o berro
          o grito

Beber esta chama
sorvê-la
num só trago
senti-la derretendo
barreiras

Saber da chama
do caudal
da lava
da lama
vazando ardente
numa gota de palavra
pendurada no canto da boca
prometendo encontro
na encruzilhada do amanhã.

Naturalmente

Nas casas e quintais
esmagam flores do passado
antes de murcharem

Calam minha boca
antes muito antes
das palavras brotarem

Esmagam a superfície
não extirpam as raízes
nem de flores
nem de palavras

Teimosamente
numa lei de resistências
elas brotam sempre
sempre
numa nova primavera
de plantas
e palavras.

Ato solitário

Ânsia engasgada
dificulta a passagem de ar
dói na inquietude da madrugada
por não se saber esquecida

Crônica passagem
martela os pregos do sentido
sangrando-o
por não saber estancar.

Caminho por ruas lentas
por não me querer parado.

Facas filadeiras

Estou sobre pontas de facas.
A orgia dum tempo
apaga meus
espaços

Nas pegadas de minhas lembranças
pontas movediças
trituram
meus ossos.

No lastimar das ações
mãos retesadas charqueiam
minha língua em fogo.

Na parada da brisa
firo-me em cacos de vidros
querendo arrancar de mim
velhas amarras.

Ah! Equilíbrio Biolouco!

Um pé no fio da lâmina
outro atrás dos muros
esgueirando sentimentos
acesos nos olhos
cansados das vergonhas

Vergonhas, sentinelas de prontidão
nas portas do meu ouvir
nas janelas do meu dizer

Facas filam
fatias do meu ser,
sorrateiras cutucam meu sorriso.
Mastigo desejos de vinganças
anoitecidos insones
nas sarjetas alugadas
das decisões alheias.

Sangro falsas verdades
armando presente revolta.

Cuidado! Há navalhas

As palavras de concessões
são navalhas
retalham minha pele
diluem meus sentimentos
soltam-nos ao ar
feito partículas poluidoras
não diluídas.

Palavras de concessões
são mordaças
aveludam os sons do passado
ensurdecem sentimentos
forçam minha negação
pressionam o meu ser

Navalhas querem podar
nas veias
o jorro das emoções
ligando-as nos tubos
de mentiras virulentas

As navalhas das concessões
quebrar-se-ão, quebrar-se-ão
no fio lento
da minha dura vivência.

Casa solteira

Existe um segredo velado
nas velhas bocas
nas canções paralisadas
murchando antigas palavras

Segredo embalado
nos velhos sonhos de futuro
preso em casas solitárias
trancado em antigos salões
            sem festas
desbotando tijolos
      contendo sentimentos

Os velhos sonhos calam-se
Grita um novo delírio
renovando anseios

Os jovens prazeres
frenéticos
de bocas apertadas
sorriso de calças apertadas
ressoam sobre antigos sonhos
            murchos
ameaçam explodir os tijolos
      da sala de espera.

Memória do riso

A estória do fato
na memória do riso
revela as ânsias
        contidas
num grito de alerta
Dói a consciência
no reflexo da vida

A questão se revela
na camuflagem das falas
esconde o incontido da dor
a falsidade estronda
estoura no grito rouco de gala
através dos palhaços que se imaginam
        despidos de dor

Palhaços despidos
sorriem suas lágrimas diárias.

Carregadores

Carregamos nos ombros
feito fardos
a luta, a dor dum passado

Carregamos nos ombros
feito dardo
a vergonha que não é nossa

Carregamos nos ombros
feito carga
o ferro da marca do feitor

Carregamos na mão
feito lança
as esperanças do que virá.

Querer

Quero
fazer parar
este rio brotado em mim
desaguado num oceano
de palavras-emoções

Quero
cortar nas facas convencionais
o instinto que
me possui, me deflora
nas horas menos sociais

Quando
neste ato consigo o abandono
sinto-me só
a solidão de ver invade-me
faz lágrimas nas coisas que nego

Neste sentir
vejo meus joelhos
debruçados nas rezas
dos atabaques, implorando:
— "Voltem mares, rios, instintos
    Voltem resistindo
    nas danças dos Orixás."

Compor, decompor
recompor

Olho-me
espelhos
Imagens
que não me contêm.
Decomponho-me
apalpo-me.
Perdem-se
de meu corpo
as palavras.
Volatizo-me.
Transpasso os armários
soltando sons abertos
na boca
fechada.
A emoção dos tempos
não registro
no
meu ouvir
desmancho-me nos espaços.
Decomponho-me.
Recomponho-me
sentada
na
sala
de espera
falando com
meus
fantasmas.

Insone ouço vozes

Calor afogueia
os pensamentos de espera. Quando
embalo na cama da noite
insônia de séculos.

Ouço ruídos de tambores
sobressaltos alimentam
meus pés

Nos pensamentos de esperança
embalo na cama da noite
as dores de meu tempo

Ouço vozes
emanadas dos exércitos humanos
contidos.

Na cama da noite
movimento minhas mãos
embalo medos, espantando-me
diante do conhecido

Nos pensamentos de espera
solto minha rouca voz:
bala de chumbo

Nos pensamentos de esperanças
espreito de olhos baços
arregalados na insônia de aguardar
a hora de entrar em ação.

Cantigas de acordar

Fazer canções
negros
   pingos
   pousados
embalando as notas
nas entrelinhas
de envenenadas cantigas

Notas estraçalhando dores agudas
soltam
o grave dum sorriso
de alegria
na pausa do esbranquiçado
                      fel
Fazer canções
nos su   tos
    s   n
     t   e
      e   m
       n   i
        i   t
         d   n
          o   e
           s dos s

tomados
nas horas que ostento
sorrindo
as mentiras de branco
esquecimento
salivando o gosto

da crueza da lasciva
presa na língua
ressaltada

Fazer canções
as vidas c i r a n d am

fecham a
    roda
alisam-me em carinhos
    de soco-inglês
fica do lado a canção
    de ninar

Poder fazer canções
veneno salivando
negros pingos
    e s c o r r e m

ferem a pauta
desfecham sons
retumbando
cantigas de acordar.

Canção pra não ninar

Ali
onde iniciam os morros
detrás
daqueles murros
ali
onde termina um lado do dia
ali
o piano da vida é dedilhado
na força sutil
de foices, enxadas, arados
soando ao vento
as melodias verdadeiras.

Ali
o som de carros de bois
invadem a noite
cantigas de alertar.

Ali
onde o sol faz cara feia
ali
onde a noite é festa de galos
ali
derrete-se o silêncio,
cantigas de acordar.

Ali
detrás daquela mesa

ali
do lado de cá dos morros
as canetas assinam ameaças
escrevendo projéteis,
cantigas de calar

Ali
detrás daquela meta
ali
oferta-se um copo de veneno...

Ali
Quem bebeu...?
Morreu?
cantigas de ninar.

Poder crer

percorrer o riso
quebrar as paredes do canto
saltitar no ritmo
    da melodia
extravasar a borda
     do corpo
  que geme nas notas
    do pensar
       agir

desabrochar a razão
dedilhar um instrumento
    fabricado sobre
  escombros de uma queda
testar a mão
  num batuque ritmado
    no som
     do
    poder crer.

Ouvidos aguçados

Ninguém grita o tempo
todo
Ninguém.

O tempo todo não grito
nas manhãs descanso.
    Calo...
Aguço os ouvidos.

Enigma

Tento decifrar-me
mergulho-me
calo
acalento calores
dilacerados

Mergulho em você
avolumo prazeres solitários
broto emoções explícitas
em lugares bem guardados

Horizonte

Gaivota em voo descobri
a inexistência dos limites

Em voo pleno
a brisa salgada
temperou-me
pulverizando-me as penas

Voo
gaivota
perdi as certezas
voo
procurando horizontes.

Ser pessoa (1)

Nego as forjas
    as armaduras
lapidadas na aparência
    bruta da lama

Nego as máscaras
      indiferentes
    forjando distância

Nego o resguardo do
    silêncio.

Necessidade

Os lamentos soltos
esfarrapam minhas vestes
descobrem os meus pensamentos
fico só.

Emano ondas de calor
endurecidos nos medos
amolecidos nos abraços
prontos para amar.

Pedaços de mulher

Sou eu
que no leito abraço
mordisco seu corpo
com lascivo ardor

Sou eu
cansada inquieta
lanço-me à cama
mordo nos lábios
o gosto da ausência,
sou eu essa mulher

A noite
no eito das ruas procuro,
vejo-me agachada nas esquinas
chicoteada por uma ausência.
Desfaleço
faço-me em pedaços

Mulher
sou eu esta mulher
rolando feito confete
na palma de sua mão

Mulher — retalhos
a carne das costas secando
no fundo do quintal
presa no estendal do seu esquecimento

Mulher — revolta
Agito-me contra os prendedores
que seguram-me firme neste varal

Eu mulher
arranco a viseira da dor
enganosa.

Revolta de desejos

Nossos desejos
sufocam os braços
que nos prendem
nos convencionais
aquecimentos
chamados Amor

Nossos desejos
inconformam-se todos
abrem as pernas
fecham antigas
trincheiras
estimulando novos passos
no ritmo do
desconhecido

Nossos desejos
dão-se as mãos
unem os umbigos
num novo bailado
estalando os medos
antigos
chicoteiam-nos aos gritos
de LIVRE
expurgando as Grandes Mãos
que nos querem
domar.

Revolta dos atos

Fui solidão
sou a ilusão do encontro
sou a indefinição assumida
nas linhas sutis da afirmação

Sou a revolta dos atos
sou a confirmação dos fatos
que nunca se definem

sou o cansaço
carrego comigo o asco
de estar sempre parando
                    a caminho
dos encontros.

Desejo

Desabo agora dos telhados
penúltima goteira

Ranjo dentes
cão raivoso sedento

Danço uma valsa sem som
nas manquitolas pernas

Voo sem asas
enfeites de liberdade

Sem armas
dilacero ideias

Assassino mil soldados.

Acordo chorando.

Estrelas no dedo

Um dia o futuro virá
trazendo estrelas no dedo
mel nos lábios
    esperanças nos pés

Flutuará no caudal imaginário
descerá as esquinas
    sem medo de ter
  assaltadas as emoções

Sairá sem carteira de falsa identidade
entrará nos lugares todos
portando sorriso simples de pessoa
sua única representação

Um dia o futuro fará
realizar todas as verdades
       imaginantes.

Quando

Quando nada mais restar
ficam meus sonhos
dependurados vazios
presos nos prendedores de roupa

Quando nada mais restar
ficam minhas esperanças
de prontidão na curva
                da rua
tingindo o azul do horizonte
com meus gritos de fogo.

Quando nada mais restar
ficam minhas lembranças
de mãos dadas
cirandando
com o que eu poderia ter sido.

Zines /
Coleção Poemas de ocasião
[2010-2013]

(DE)CLAMAR

Eu Falo

A Fala é um falo
Que abre suas entranhas
Atravessa suas certezas culturais

Em verde amarelo

Sonhos embalados para presente
Papel verde amarelo
Compro todos os dias
Sou enganada no preço

Memória

Bate a porta
    Resvala batente
    Invade janelas
Bate persiana
Desperta o que dorme
E range de raiva os dentes

(Des)razão

Um pouco de razão
na razão oculta
desoculta
desocupa o olhar das coisas baças
um pouco de razão
no ser oculto
desoculta

desobedece
(re)estabelece

na razão
mais arguta
no dizer
palavras

Bala perdida

A bala é sempre perdida
Dizem, sempre dizem: *"A bala é perdida"*

Dizem: *"Sem intenção de matar"*

Mas eu morro sempre
No morro nas ruas nas avenidas
Mas renasço em arrogância
Sorrisos e atitudes
Para nunca mais morrer

Pedra no cachimbo

A pedra quando chega acerta
acerta bem no meio dos meus sonhos
bem nos olhos da esperança
e cega
a pedra quando chega
é fumaça em cachimbos improvisados
é cinco segundo de noia eufórica

fúria em descontrole
A pedra quando chega é demo
                          crática
acerta brancos negros pobres e ricos

Mas os poderes públicos só se sensibilizam
quando a pedra no cachimbo acerta
a vidraça das coberturas dos jardins
à beira-mar
E ameaça transbordar
somando todas as lágrimas de verdes olhos
aos das piscinas de sonhos
senhoriais.

Desespero nas cidades

Abrigar ideias e ideias
Trago no bolso os estudos herdados
atrás do muro da noite
a rever olhares
reler trajetórias
Escapar da mira da bala perdida
perdida pedida
urdida num extermínio constante
insiste em me achar
onde quer que eu me encontre
mesmo que eu me abrigue no colo da pátria amada
que diz que é minha mãe e gentil.

Vagas lembranças

Vago lembranças vagas
deixadas no caminho

Não me lembro
daquilo que é dor

Vago saudades vagas
atreladas a vagões de esperanças

Recordo traços de caminhos
caminho por entre tempos
que já foram futuro

O futuro espelha o passado
não fui feliz

As vagas se abrem
espelham outras grandezas
nas vidas construídas na argila
recolhida dos segredos

Às vezes

As vozes se calaram
silêncio em mim
gritos e medos

Dissonante é a tarde
e não se cala
buzinas, fumaça, um quase atropelamento

Não me calo
espio em arrepios
o olhar atento ao movimento

Voz engasga
As vozes não se calaram
espio arrepio me afogo

Num gole de cerveja.

Tenho

O sol como companhia
nas manhãs todas
Onde nasço sempre
após a noite ter me concebido.

Tamborilando

Na batida do tambor
o verso a palavra
as rimas
o som na
certeza coletiva.

Bem-vinda de volta

Estivera perdida
entre novelas globais
beijos de plástico e tapas ensaiados
mocinhas loiras
galãs de olhos azuis e verdes

Estivera perdida
e entupida pelos olhos das mesas cênicas fartas
entre tantos desjejuns jantares e farfalhar de seda
da falsa realidade da TV que não te vê

Achei que nunca mais voltaria
encarcerada que estivera olhando o brilho nas telas
novelas cada vez maiores

Ainda bem que resististe
voltaste trazendo notícias
emoções sensíveis que tocam.

Homens

Ainda que neles fluísse
a ternura sincera
ainda assim
nasceria morta
enforcada em cordão de umbilical machismo
e nem lágrimas verteriam
beberiam Bohemias e Devassas com amigos de copo
afogando-se em goles descompromissados
e frios das loirageladas

O pensamento tentando esquecer os afagos
da mulher-negra-mulher-companheira
afogueando-lhes as lembranças.

Sutilezas nada poéticas

Ainda que fluísse
Um segredo
Uma história íntima
Ainda que fluísse
Com a inocência dos fatos
A esperteza dos atos
Ainda que fluísse
Silenciosa e mansa qual um afago roubado
Passaria despercebida pela praça
Despercebida passaria
Diante de homens poetas insensíveis
Às sutilezas-mulher.

Mulher

Eu fluindo
Alçando voo
    e
  Sonhos

E no leite da eterna maternidade
Alimentar filhos
     os
    Outros homens.

Vou longe

Vai alta a lua viageira
e com ela os sonhos
leva num rastro de prata
o que o verso louvou
como ouro

Vai alta a lua viageira
ao longe

Vagueio pensamentos insanos
pousando borboletas noturnas
em asfalto molhado

Vai alto o pensamento viageiro
procurando abrigo
e repouso
na noite prateada em insônias

Lembranças resvalo nas pontas dos dedos
Vai alta a lua
Vou longe para ver melhor.

Tracejado

Ainda temos sonhos
Mesmo que balas tracem trajetórias
                desencontradas
no horizonte das esperanças acuadas
Sonho
Trilhas
Sonho
Vida que trilho.

Vivo os pesadelos de algemas e correntes
saídas dos livros escolares
ali na tela na minha sala BNH
Regurgitam as lembranças históricas
e os 5 mil pares-orelhas-troféus

Mesmo quando a carne negra
um jovem negro algemado
exibe-se como troféu da mídia inquisitorial

Náuseas me atacam
Luto e construo sentenças
inteiras com palavras substantivas
traço a fuga nas entrelinhas
corro para o sem fim
o infinito possível me acolhe.

Males e Malês

Quero falar de Malês
Não quero falar de Complexo nem do Alemão
Não estou maleando minhas emoções
Quero entrar na contramão
Voando de asas-delta por sobre
O blindado e o canhão
A tropa que esteve no Haiti
Agora aqui invadindo vidas
Pousando de mocinho nos noticiários
Cenário espetáculo
do desamparo desemprego social
apartheid à brasileira
impondo mais uma vez a democracia racial
Na preparação eugenista do circo da copa

Eu não quero falar de males
Quero falar de Malês
Voando de asas coloridas deltas
nas cores pretas e vermelhas

Quero exuziar
Extravasar
Destronar estas mentiras
Atirando a revolta a resistência a insistência
de continuar a viver e parir filhos na pátria que me
enjeita.

Certidão de nascimento

Nasci no Brasil
negra saída do útero da noite
coroada pela força de Iansã guerreira nagô
nas mãos a espada de Ogum
carregando na pele senda ancestral
trilhada nas forças de Omolu

Com Exu pratiquei a antropofagia da sobrevivência
mastiguei cultura europeia
engoli espinhos do racismo científico
junto com alguns sapos da democracia racial
e do racismo cordial

Banhei-me sim nas águas de Oxum
e vi ressaltar o brilho das estrelas na minha pele noite
regurgitei excessos
bebi chá das folhas de Jurema da nação Tupinambá

No tropicalismo dos meus versos
residem as minhas afro-palavras
minhas afro-culturas.

Disposição

Ainda estou disposto a rever meu rosto
Assim
Negro
Com a história que o contém

Com a história que o representa
Assim

Ainda estou disposto
A rever meu rosto
Na página da história
Que o camufla
E
Esconde
Dentro de páginas brancas dos livros
Livros que instruem meus filhos
negros

Ainda estou disposto a rever meu rosto
Assim
Na verdade de quem veio e de quem ficou na
África que não conheci
Ainda estou disposto a rever meu rosto de vez
Saber muito mais de mim

Gotas

Mesmo que eu não saiba falar a língua
dos anjos e dos homens
a chuva e o vento

       purificam a terra
Mesmo que eu não saiba falar a língua
dos anjos e dos homens
       Orixás iluminam e refletem-me
       derramando
       gotas
iluminadas de Axé no meu Ori

FEMINIZ-AÇÃO

Madrugada esfria

Madrugada esfria
      não dorme
         acena
            caminhos
       por onde vou chegar

Numa situação madrugada

Numa situação madrugada
    molhei os
cabelos na aurora
    única lágrima
escapou
    fui
    rolando rumo ao oceano.

Ter tudo capturado

Ter tudo capturado
    assim
como a um sonho saído das brumas
invadir a verdade dos olhos
    olhar. sentir. tocar
    sonho
magia quase fatal.

Reflete

Reflito
ser o ser
loucura exata
inquietar-se
palmilhar distâncias
compartilhar segredos em público

Respinga no telhado

Respinga no telhado
    garoa
serenamos ternura
    após intensidades
abraços beijos...

A emoção na tela

A emoção na tela inteira cores irreais
ao fundo trilha sonora
riso frouxo sem vida
       Você e eu
atores de um tempo
Filme
alegrias em segundo plano
           morri
           no
           fim

Cenário urbano

Cenário urbano
    o viaduto indigente
    o prédio bêbado
    o assalto ao banco de sangue
        vivo vivo vivo vivo
ambulante cambaleante agonizante
a vida em cruz exorcizou a vida
    o que reluz é engano
sonâmbulo

O olhar agoniado

O olhar agoniado espia por sobre a nuca
o prato de comida sendo roubado
      lentamente
a revolta assume o cenário
      pedra pedrada
        tento
        atiro
        tiro
        tudo

A *vida cozinha*

A vida cozinha em fogo lento os sonhos
A arte faz companhia ao som de um pistom
O tempo zombeteiro faz graça
O silêncio passeia por interrogações
Sinto-me um irregular poliedro

Venha

Venha
vamos bailar no noturno
celeste
planando na loucura
na lucidez
na certeza de estarmos sós

Noite morta

Noite morta
cheia de frio
fôlego gélido regurgitando
saudades
deixou na soleira da porta
cheiro de cio

Instante instinto

Instante instinto
momento
eterno movimento
molimovente
o
eco
atrai um raio do ontem
iluminado relampeia
sonhos
agora

É manhã a porta

É manhã a porta não fecha saudades
quarto vazio
finda música
no ar ainda dançam entrelaçados os corpos
a fímbria aveludada do cobertor
arrepia a pele de quem ficou.

Sussurros melodias

Sussurros melodias
    ouço blues ressoando no campanário
    igreja da Consolação
    não consola os de torsos nus
    olhos esbugalhados
    estômagos roncando

Canção libertadora

Canção libertadora
deságua
sobre a farsa
que encerra agora o discurso
canção libertadora
entrelaça
Laça
sinceridade
navega rios

Sonhos embalados

Sonhos embalados
    papel verde amarelo
compro
    todos os dias
enganada
    pago preço alto

Escrever o silêncio

Escrever o silêncio
        silêncio
silêncio não se escreve
não se ouve
        é
        pausa

Negrumar

Negrumar
brilhar sentimentos
negrumar
respirar noite
sal
luar
maresia
inundando inundado
certezas

Enquanto o corpo lateja

Enquanto o corpo lateja

me perco em quereres

enquanto o corpo ranzinza

a cabeça atina outros pensamentos

a tempo de ser feliz.

Verbo

Verbo
na construção da ação
contenção do eu
contenção do ser
desconstrução
as palavras vão sangrando
as culpas todas
flagelando mentiras
pomposas e tolas.

PARTÍCULAS POÉTICAS

Distraída

Subtraio
abstraio emoções
habito a frieza dos corpos
preenchendo o círculo vazio com palavras
circulo
entre o impossível
abro os olhos para sonhar
pouso o olhar no mar
poemas águas
inundam
deságuo embocadura de um mundo duro.

Tique-taque

As horas batem na vidraça vida
tantas histórias para ouvir
a voz emudece
apenas um olhar inquieto vaguei
no fato
no caso
no acaso
na vida.

Verbo

As palavras vão sangrando as culpas todas
flagelando as verdades pomposas e tolas
na construção da ação

Tempo consciência

Para Conceição Evaristo

O tempo nos colocara
frente a frente
e no verso
poemas
reflexo de nossas consciências irmãs

Cautela

Pisar no rastro dos seus passos
passo a passos largos
na areia fofa e quente
rever a pegada do que fui
ir ao encalço
passo a passo no miudinho
de mansinho
como quem nina sonhos
devagarzinho
para não espantar

Eu queria
ir assim
sem me arrastar voar
ir assim sonhando
sondando o horizonte
através do seu pisar
Devagar.

(Re)Desenhar

Entre os traços
que faço
refaço
introduzo
reintroduzo
nos espaços
vou à frente
aonde não entrava
Às escondidas
redefini traços
aspirando partículas voláteis
modelei formas
faço refaço laços
nas fitas de minhas cores
onde sobressaio
original traçado
rotas que defino

Dormir

No leito
cheiro de rosas
ervas doces
nos braços duros da realidade
dormi
sonhei
elevei minhas alegrias
flutuei flutuei flutuei
futurei
sem querer voltar
a colocar o pé na terra do desespero.

Caminhada

Na fluidez da força
escancarando vida e amores
a mulher vai
desmantelar armadilhas dos amores românticos
rebelando-se
construindo atalhos
atalha a vida
segue
destinos outros.

Enluarar a solidão

O corpo ardendo em querências
amor e carências
escuto os ruídos noite
peço à madrinha lua
para enluarar o meu coração
enlutado de amores de antes

Abraço a noite eterna companheira
o corpo ardendo
peço à madrinha lua
enluará para eu não arder neste frio.

Em Albuquerque

Hoje não sou folha
e não sou árvore
apenas uma brisa que passa
balançando tudo
folhas e árvores
colocando onda nas águas plácidas de um lago
                              artificial

Hoje não sou árvore
sou o fruto livre de um ventre natureza
e o doce assobio do vento
sopra livremente
por entre os galhos finos de um bambuzal.

Vestes diáfanas

Quando um dia lhe convidar para um baile
venha
não se preocupe com a roupa
venha
use veste diáfana como a de um sonho
vista-se de branco transparente e esvoaçante irreal
como nossa história

Vista-se de sonho
levarei você ao baile visionário que criei
e ao som do pipocar da rolha do champanhe
orquestra invisível tocará Strauss
dançaremos como nunca dançamos

Vista-se de realidade
e eu lhe despirei
olharei em seus olhos e verei que eu estou ali aninhada
pequenina qual um filhote de ave.

Então flutuaremos em nós
percorreremos cada caminho de nossas geografias
distintas
revisitaremos e descobriremos novos caminhos
já e nunca trilhados.

Quando eu um dia talvez lhe convidar para um baile
vista-se de você e de mim e de nossa ilusória história
esqueça a Itália (só por alguns momentos) esqueça
sinta a maciez de minhas mãos, não lhe ferem a carne

Lembre-se (apenas por alguns instantes)
o meu nome não tem ipsílones
lembre-se (apenas por um relance)
o meu nome tem is

I de imaginação. I de irreal
e depois se vá assim como chegou
um sonho

Eu ficarei no perfume da sala
o som da valsa entoada em pianos e violinos
nas mãos o calor de seu corpo
um poema a me fazer companhia.

Amor fêmeo

Amo com a força fêmea
de quem
     sabe
lamber:
      o cio groselha e creme
de quem
     sabe
sublimar:
      o céu a lua e o luar
de quem
     ouve
      no fêmeo da noite festa de sons
de quem
     vê
      a força fêmea
assim
     entregue
      ao sabor ao ser ao estar
de quem
     sente
      a corredeira das águas-cachoeiras
invadir dócil e mansa os sentidos íntimos

Sinto no ar

No ato dos sonhos
o verso que o poema abriga
sentimentos
abro os olhos
vejo
no abrigo os sonhos que são seus

Sinto o ar
viajo com os braços abertos
pássara voo ao encontro de seus abraços

Passo a passo

Os passos outrora
firmes
outra hora agora
cautela
pontas de pé suavidade ao caminhar
vai e vem
ondas de mar
depois outra hora o voo ao céu
sem medos

Fiar solidão

A penumbra toldou o olhar
sombras
sombras
sobras
desabitada
anos a fio
fio por fio
teceu a solidão

Pétalas ao vento

O vento espalhou ao léu
o buquê que trazia nas mãos
chuva de pétalas
perfumes de mata
flores desfeitas
chuva de pétalas
sementes
o corpo suado regou
ninando lembranças infinitas

Ferida aberta

Meio sorriso
    ferida aberta
eu me abraço
a chaga se abre
quem me abraça?
guerreira?
quem me abraça?
guerreira?
lambo as próprias feridas
os gritos... Calados
quem dera que os amigos
me afagassem ao mesmo tempo.

Asas de borboleta

Cálida e plena
o ar benfazejo
percorre

Cálida e zonza
tanta vida
a correr

Cálida e exigente
exijo agora já
venha!!!
tome-me em
seus abraços

Cálida e quieta
flor que se abre
pássaro a tocar a corola
trocar pólen
ao sabor do vento

Sou asa de borboleta
singela e frágil
forte para voar

Sussurros

Agora não preciso mais
gritar
este ser inquieto que me habita
sussurra como o vento forte das ventanias
                             vendavais

Agora hoje
apaziguada na luta de ser
resisto sendo eu que me habito
respiro num alívio de saber da morte
                     saber-se viva

Dizer versos

Dedico-me aos versos
e verso
folhas ao vento
pensamento
a beleza imaginária de um mundo perfeito
hoje ouço o ruído das ruas
vejo
lágrimas
injustiças
fomes
mortes
abandonos e mentiras
gostaria de dizer em versos
que nada disto importa
no entanto
não finjo nem dor nem alegrias

Cio de palavras

Palavras feito... prosa
...feito poema
...feito nós
palavras em cio
dedos voluptuosos premem o teclado
meiga afago...
cintilando estrelas no prazer de ser
derramando emoções nesta tela...
libertando sensibilidades entranhadas

Tensão

Fios esticados
esticados
na teia das palavras
tensão
se solta
vai e vem
em quereres
dizer
mistura-se entre pontos vírgulas
reticências
resistências
insistência
preenchendo as entrelinhas
os entre-espaços

Roupa velha gasta

Roupa velha gasta
no varal esquecida
um dia vestida por alguém
que se sentiu aquecida
esquecida
assim minha vida
ao longo de setenta anos
vivida

Centro

Centro
e
eixo
beijo seus olhos sôfrega
defloro poros com beijos suaves na pele
agarro-me nas linhas do sentir
e vou abelha
mansamente
por
entre
colmeias

Os passos outrora firmes

Os passos outrora firmes
outra hora agora cautela
pontas de pés suavidade
caminhar e caminhar

Lento
vai e vem

Vou
ondas de mar
outra hora voo ao céu
adeus medo

Anexos

AUTOBIOGRAFIAS DE MIRIAM ALVES NOS
CADERNOS NEGROS

Nasci em São Paulo, no de repente. Esperavam-me para o dia 05 de novembro de 1952 (para ontem) e eu nasci (hoje) no dia 06, quebrando um pouco as regras do hospital. Foi um corre-corre danado.

Pelo pouco que recordo, chorei bastante, sem necessidade de palmadas, para registrar que estava viva e um tanto inconformada de sair do sossego do útero materno.

Comecei chorando, agora grito em palavras as lágrimas, os soluços e as agulhas da opressão que ferem fundo minha pele negra. Percebo e num grito manifesto nasço de novo todas as manhãs.

Além de ser poeta, profissionalmente sou assistente social e ouço todos os dias como a vida fere, desbota, magoa as pessoas, deixando-as com as gargantas feridas, abrasadas retendo um grito.

E eu grito e choro tudo isto em versos para me manter viva e para delatar, registrar as esperanças e por isto brado.

Cadernos Negros 5 (1982)

✳

Escrever é um ato social, um ato político, um ato de amor. Aí já está a própria importância da escrita na sociedade de ontem, de hoje, de amanhã.

Eu me considero uma escritora engajada com meu ato de escrever, preocupada com o que estou passando e onde estou passando. O alcance do meu trabalho é pouco, talvez seja pelo veículo do qual me utilizo. Agora, a repercussão me satisfaz, porém, quero mais, muito mais, tenho fome de mais, quero me comunicar muito mais. Eu gosto do impacto que dá quando as mensagens que escrevo são levadas de uma determinada maneira para o leitor ou um ouvidor.

Existe uma literatura negra. Agora, qual a ideologia que esta literatura está passando é uma outra questão. Acredito que a literatura negra que nós do Quilombhoje e outros escritores negros estamos preocupados em fazer é uma literatura negra engajada com outros valores, com a nossa visão do mundo apesar de a nossa literatura negra ainda ser uma literatura de contraponto: eu me contraponho àquilo que o branco acha que eu sou porque eu não sou. Isto é apenas um aspecto, tem muitos outros a serem explorados e desvelados.

A repercussão desta literatura atualmente é reduzida dentro da literatura oficial. E nem sei se a literatura oficial seria uma solução. Nós temos repercussão um pouco mais dentro da comunidade negra, mas sei que ainda poucas pessoas leem. Eu creio que no futuro seremos um rio, seremos um mar. Eu creio. Eu creio. Seremos uma chuva. Seremos uma cachoeira, mudaremos esse país. Eu creio!

Meu ato de escrever vem contribuindo pelo compromisso de não parar, pelo compromisso de aprimorar. Pelo compromisso de ler outros autores, inclusive brancos e ver que eles nos descrevem como pessoas sem história interior. Assim estaremos nos armando com a literatura deles mesmos, que tanto nos negam.

O meu compromisso é este: o de me aprimorar, de ver, de saber, de sentir onde estão os macetes para continuar escrevendo, falando com compromisso, com engajamento. Engajamento principalmente comigo. Quando falo comigo é uma coisa muito séria: é comigo enquanto mulher, negra, militante, comprometida com minha história. E disto não abro mão.

Cadernos Negros 7 (1984)

✳

De repente um rouco estrondo irrompe a fímbria do dia. É a noite fazendo serão de beleza. Deixando ainda um rastro de estrelas para a contemplação da madrugada. Agora o saber de poema é fazer poesia. Estamos num tempo certo. Estamos na época certa. Interrogo-me se o país é o certo. Certamente o é, pois estamos aqui, rastro de fogo invadindo as catedrais culturais. O nosso rastro é intenso. Deixamos sangue nas trilhas. Deixamos filhos nas trilhas. Seguimos em frente. Rumo. Rumo. Rumo. O caminho é estar. O caminho é fazer. O nosso serão tem as vinte e quatro horas de um tempo incerto. O importante é Ser. Um livro é o que ele contém e o que representa. Isto é irrevogável. A calmaria da urgência nos faz batalhar. E se ainda for preciso levantar o braço em punho fechado e dizer "sou negro" o farei na certeza de que sou universal.

Cadernos Negros 9 (1986)

DEPOIMENTO DE MIRIAM ALVES À REVISTA *ELYRA*: MUDANDO A HISTÓRIA COM PALAVRAS E PERSISTÊNCIA[1]

Navegar pelas histórias, relatadas tanto em poemas e contos nestes quarenta e dois anos de *Cadernos Negros*, é entrar em contato com a face ocultada de um Brasil que se quis e se quer branco, não só na aparência, na concentração de riqueza que significa poder, mas na possibilidade de sonhar construir um mundo cognitivo onde cabe a beleza de ser. São quarenta e dois anos de construção de uma literatura negra brasileira, a partir do ponto de vista dos silenciados. A referência como ponto de continuação de uma prática que remonta ao século XIX,[2] no mínimo, é o ano de 1978 quando o Brasil vivenciava o regime ditatorial civil militar, iniciado em 1964, que dava mostra de saturação.

Nessa fase, uma efervescência popular político-cultural, não só no eixo Sul-Sudeste, questionava-se o racismo sutil e mortífero existente na estrutura social do país, mas negado através de construções científicas falaciosas que alimentavam a ideia de uma democracia racial, tendo o Brasil como paraíso das raças, em contraposição aos confrontos raciais de outros países, que não resolveram as contradições geradas pelo regime mundial escravocrata, que contribuiu para subalternizar e desumanizar os escravizados e seus descendentes. No entanto, o Brasil também não havia resolvido e manteve os cidadãos negros numa situação de exclusão, até hoje, negando por diversos mecanismos, formais e informais, o acesso pleno aos bens sócio-cultural-econômicos oriundos do acúmulo de riquezas através do regime escravocrata.

Em São Paulo, nas reuniões realizadas no CECAN,[3] Centro de Cultura e Arte Negra, uma associação de ativismo negro brasileiro, fundada em 1971, com um intuito cultural educacional, em 1976, passou a organizar atividades de pesquisas, seminários e conferências sobre assuntos afro-brasileiros, promovendo o desenvolvimento de projetos artísticos, cívicos, culturais, sociais e esportivos, estabelecendo parcerias e contatos com outros grupos do Brasil e do exterior, além de produzir bibliografias, alicerçando ideias para que, em 1978, eclodissem duas importantes ações coletivas. Uma delas o Movimento Negro Unificado, com a reunião de várias entidades negras e com carta convocatória[4] à população, culminando com o emblemático ato, em 1978, nas escadarias do Teatro Municipal de São Paulo.[5] Constavam na pauta das reivindicações, as cotas raciais nas universidades, a inclusão nos currículos escolares do ensino da história do continente africano, entre outros assuntos urgentes.

Outro ponto importante foi o surgimento da coletânea literária *Cadernos Negros*, iniciativa surgida dentro do CECAN através de debates, tendo como principais articuladores Cuti (codinome de Luiz Silva) e Hugo Ferreira. O volume inaugural foi publicado com poemas de seis autores e duas autoras, com lançamentos no mesmo ano de 1978, o primeiro na cidade de Araraquara, SP, no Festival Comunitário Negro Zumbi, Feconezu,[6] com a presença de mais de duas mil pessoas negras oriundas de várias cidades de São Paulo e de outros estados.[7] O segundo lançamento, ao molde tradicional, realizou-se na famosa Livraria Teixeira, situada no centro velho de São Paulo, contando com a presença do sociólogo Florestan Fernandes entre as cinquentas pessoas que compareceram.[8] A disparidade de local e público, entre os dois lançamentos, já apontava o rumo que essa iniciativa literária seguiria nas quatro décadas subsequentes.

Cadernos Negros atraiu escritores-escritoras que vinham de experiências de publicações anteriores, alguns provenientes da chamada geração mimeógrafo, muitos também integravam o MNU, além de escritores-escritoras aspirantes em publicar seus textos pela primeira vez. No princípio a maioria do eixo Sul-Sudeste, em edições subsequentes foi agregando escritores-escritoras de outros estados do Brasil. A publicação conquistou também um público leitor sequioso, evidenciando que havia um anseio latente num seguimento da população negra em se ver referenciada de forma positiva nas páginas de um livro. Fora isso, *Cadernos Negros* despertou nos autores-autoras o interesse em refletir sobre o ofício e a arte da escrita, sobre o que significava ser escritor-escritora negro-negra num contexto social de exclusão explícito e implícito na sociedade brasileira, oriunda do regime das oligarquias escravocratas, cuja produção literária, em maior ou menor medida, refletia e reflete nos textos ficcionais uma visão reducionista, estereotipada e racista do cidadão-cidadã negro-negra brasileiro-brasileira.[9]

Quarenta e dois anos transcorridos, ao refletir sobre essa história, reconheço a lição ancestral que alerta "nossos passos vêm de longe", para além de mera frase de efeito ou de ordem, ou ainda de mero fenômeno sazonal de uma época, mas como um diferencial significativo importante, apontando para uma mudança do pensamento intelectual literário brasileiro, a partir das atitudes de escritores-escritoras negros-negras. Posso afirmar, sem sombra de dúvida, que se instaura, a partir daí, o que em minhas palestras denomino de Movimento de Literatura Negra Brasileira, tendo como importante contribuição a realização de encontros informais e formais para refletir sobre o fazer literário, e a publicação dessas discussões,[10] juntamente com ações de publicações periódicas coletivas e individuais, utilizando recursos para além da formalidade institucional e para enfrentar o que chamamos na época de bloqueio cultural e editorial.

Em suma, o Movimento de Literatura Negra Brasileira trouxe para o cenário cultural das artes literárias os protagonismos diversos das vivências dos-das cidadãos-cidadãs negros-negras brasileiros-brasileiras, relegadas a um porão simbólico da nação, não só em seus aspectos factuais estatísticos, que em última análise são estáticos, mas enfatizando os aspectos cognitivos que envolvem sentimentos, ou seja, uma carga emocional que é apreendida ficcionalmente no ofício de escrever literatura. Nesse sentido, passamos a ser sujeito das nossas próprias histórias, desconstruindo e reconstruindo a história da nação, a partir do momento que deixamos, simplesmente, de ser mero objeto das histórias alheias, que traduzem pontos de vistas herdados na formação de brasilidade centrados em ideias escravagistas, com personagens para sempre subalternizados, sem nome ou sobrenome e sem referência geoespacial-emocional-cultural, eternizados como o outro, o estranho e o estrangeiro. Para tanto, encara-se o desafio de se utilizar de um arcabouço linguístico do idioma português, que nem sempre (ou quase nunca) nos favorece, e passamos em nossos trabalhos a mesclar termos ditos eruditos e os coloquiais próprios da variedade linguística que é a nossa e que nos autorrepresenta, numa reconstrução estética da palavra, muitas vezes recorrendo aos neologismos[11] e à transgressão, invertendo a imagética pejorativa existente, criando uma nova forma de nos dizer e dizer o Brasil. Cabe ainda salientar que na década de setenta se dá a inversão do isolamento dos escritores-escritoras negros-negras dentro da chamada literatura brasileira, para a formação de coletivos de escritas, publicações e reflexões. Mas esse é assunto para outro artigo. Meu intuito aqui foi apenas referenciar, embora parcialmente, de onde brotam e se alimentam minhas criações literárias.

NOTAS

1. Depoimento para a revista *eLyra* 16, de 12/2020. https://elyra.org/index.php/elyra/article/view/361/393

2. Ver a respeito: Ana Flávia Magalhães Pinto, *Imprensa negra no Brasil do século XIX*. São Paulo: ed. Selo Negro, 2010.

3. Joana Maria Ferreira da Silva, *Centro de Cultura e Arte Negra — CECAN*. São Paulo: ed. Selo Negro, 2010.

4. Lélia Gonzalez; Carlos Hasenbalg. *Lugar de negro*. Rio de Janeiro: ed. Marco Zero, 1982.

5. Ver também: Jônatas Conceição (Org.). *1978-1988: 10 anos de luta contra o racismo — Movimento Negro Unificado*. São Paulo: Confraria do Livro, 1988.

6. Feconezu: Manifestação cultural negra que acontece uma vez por ano, no mês de novembro, em uma cidade do interior paulista, que no ano 2020 realizou sua 42ª edição.

7. Aline Costa, "Uma história que está apenas começando", in *Cadernos negros três décadas: ensaios, poemas, contos*. Orgs. Esmerálda Ribeiro; Marcio Barbosa. São Paulo: Quilombhoje Literatura; Secretaria Especial de Promoção da Igualdade Racial, 2008.

8. Ibidem.

9. Ver a respeito: Quilombhoje Literatura (Org.) Vários autores. *Reflexões sobre a literatura afro-brasileira*. São Paulo: Conselho de participação e desenvolvimento da comunidade negra, 1985.

10. Arnaldo Xavier; Cuti (Luiz Silava); Miriam Alves. *Criação crioula, nu elefante branco*. São Paulo: Imesp, Imprensa Oficial do Estado de São Paulo, 1987.

11. Um dos exemplos emblemáticos do uso desse recurso: Jamu Minka. *Teclas de Ébano*. São Paulo: Ed. do Autor (dentro do projeto do Quilombhoje Literatura de publicação individual dos autores que faziam parte do coletivo), 1986.

PREFÁCIO AO LIVRO *MOMENTOS DE BUSCA*
Abelardo Rodrigues

Não sei como começar este prefácio. Pesa-me a responsabilidade de fazer anunciar o livro de poemas de Miriam Alves: *Momentos de busca*, neste 1983, ano da desgraça dos que confiaram num chamado Milagre Brasileiro, ou nos homens que O fizeram... Mas o que isso tem a ver com a poesia de *Momentos de busca*? Tem muito. E não discuto. A poesia é a idade do ser humano. São palavras mágicas, o assombro que o acompanha, o angustia; e o torna Ser. Acho que é por aí que pego a coisa: Ser e Angústia de não Ser num mundo caótico, que a estranha, conturbador, em que as pessoas se sentem massacradas pelo seu dia a dia medíocre e um futuro pleno de mísseis intercontinentais — e por que não? galácticos — vorazes de destruírem a terra "n" vezes.

Diante disso, há que falar de sentimentos de perdas e danos íntimos? O amor, a vida sem sentido pairando no ar como um eterno indagar? Sim, há que falar de si e das pessoas em volta com suas consciências perdidas na mesmice da vida. Enfim, falar e procurar o ser. Meu eu perdido no ontem, no hoje e, quem sabe?, no amanhã ainda.

Essa é a poesia de Miriam. Em *Momentos de busca*, essa interioridade/exterioridade se funde em vários níveis de questionamentos processando derrotas e vitórias tanto a níveis poéticos como de uma experiência de vida — emoções que se somam e se subtraem. E nessa parafernália toda, como é que Miriam vê o mundo? Para ela, o mundo é o caos. É Vida e Morte. Uma vida que se esvai lenta e inexorável para a morte sem deixar rastros, e mesmo sem ter existido. Às vezes feminina, outras andrógina, mística e lasciva, em seu canto, espremida pela angústia do real que a oprime, ela se debate para retornar à tona ou ao fundo de si — se encontrar. Em "Imaginando o mundo", por exemplo, ela afirma: "O meu mundo/ não tem a dimensão/ dos meus passos", ela imagina o seu mundo como "humano simples/ bom e livre" e, para que isso ocorra, é preciso destruir este outro: "Lambo o mundo/ labaredas quero-o destruído/ para vê-lo reconstruído/ todas as manhãs/ cravando-lhe sementes de esperanças" ("Magma"). Percebe-se que existe uma procura de algo que a faça feliz e livre e que a vida — a nova vida — tenha sentido. Enquanto isso não acontece: é dúvida, luta do ser, do não ser: "o que oculto/ perdido no armário/ cutucando lembranças/ escarafunchando a vida?/ Meu vulto e eu/ Eu e meu vulto/ inseparavelmente juntos" ("Estranho Indagar").

A sua consciência lhe pesa e angustia. Razão e emoção lutam num corpo a corpo para definir quem manda o que ser e o que fazer: em "Vidraças Quebradas", eu pressinto essa luta; pois as "pedras de palavras" acertam sua razão, o seu mundo interior se descobre, se escancara trêmulo de pavor e impotente diante do invasor. É quando a poetisa se revela então cansada e só: "Os pertences de uma vida/ carrego todos/ sem embrulhos/ malas,/ estão todos grudados em mim/ inseparáveis fardos" ("Indo"). Mas a reação não tarda. A sua poesia — única forma de dominar o mundo — é a sua consciência que se digladia com a violência que lhe é imposta pelos valores machistas/racistas que a História lhe deu: "Eu não quero dizer/ engolindo tristemente/ as agulhas da opressão/ ferindo a garganta/ rasgando/ sangrando/ dilacerando/ a razão" ("Lamento").

A sua poesia escorre por esta multiformidade do ser. Suas perguntas e respostas nos conduzem a outras perguntas e respostas. As coisas estão sendo sempre. Eu, como leitor, me perguntaria inocentemente o porquê desse digladiar com o mundo e consigo. Por que esse jogo de esconde-esconde no qual participo ativamente e me confundo cúmplice com a sua inquietação. De repente, eu sou Miriam nessa procura desse ser dilacerado. De repente, eu sou Miriam no redemoinho dessa identidade conflitada e conflitante com o dia a dia brasileiro. Eu sou a crise irresolvida de meus avós, perplexidade do meu ser destroçado no eito, nas minas, na violência sexual da casa-grande com que essa cultura brasileira oficial jamais iria se preocupar, depois do atestado de boa saúde do 13 de maio de 1888. Qual escritor branco se preocuparia com o que se passa com um neguitinho qualquer desse país, se não com aquilo que é pacífico e de bom-tom que nos digam?: a docilidade da Irene de Manuel Bandeira, a visão de senhor de engenho de Jorge de Lima sobre *Essa Nega Fulô*, e outros quesitos mais? Então, eu, esse coadjuvante de terceira classe da cultura brasileira oficial, me rebelo e me falo, me canto e me grito, deixo de ser androide, amorfo-anódino-anedótico; anêmico ser. Sou esse desejo de ser Eu.

Por isso que *Momentos de Busca* também é mergulho em nosso espelho da identidade. Em vários poemas Miriam se indaga, se procura e não se encontra, porque a imagem vista não é a real, a verdadeira; é aquela distorcida pelo mundo que a oprime reprimindo sua interioridade, sua procura do ser ("Embriagada").

A linguagem poética de Miriam em alguns poemas me prega um susto, segundo os conceitos do que seja poesia, que me ensinou meu Mestre e amigo Oswaldo de Camargo, persistente em sua batalha contra a insensibilidade estética dentro da nossa coletividade. E particularmente, não se pode julgar um poema, mas o livro no seu todo. E nesse sentido, valeu. Suas imagens poéticas, às vezes, soam até ásperas pela violência da sua construção, e servem para nos mostrar o profundo envolvimento da poeta com o seu dizer-se e em nos dizer na totalidade de nossos sentimentos. Os seus signos, no que diz respeito à preocupação com suas raízes, não utilizam diretamente essa carga de palavras que nos indicam racialmente, como em Oswaldo de Camargo, Oliveira Silveira e a nova geração de poetas negros, da qual ela faz parte ativamente. Ficam subjacentes, na sua poesia de angústia, a indagação de uma mulher negra consciente que se procura num mundo de valores brancos e onde sua identidade mais interior está ligada ao sadismo e à violência sexual dos nossos antigos senhores. O seu berço poético não está isento disso. Ela não é só aqui e agora: é antes, durante — terrivelmente durante — e depois. Essa discussão estética sobre signos que melhor representem nossa linguagem negra em oposição a uma linguagem branca alienada ("a coisa aqui está preta") não começa nem termina aqui; vai mais além, é a nossa própria busca de melhor nos dizer. É um lutar sempre com a palavra usada por quem sempre a teve de fato, saber do labirinto que ela esconde e desvendá-la, revelando assim o ser humano, mesmo sabendo, como Miriam, que "palavras alisam, afagam.../ ...não confortam/ e não atendem".

São Paulo, 21 de maio de 1983

PREFÁCIO AO LIVRO *ESTRELAS NO DEDO*
Jamu Minka

Estrelas no dedo, este novo trabalho de Miriam Alves, não é livro de primeiros passos. Já houve *Momentos de busca*, além da trajetória comum dividida anualmente com os companheiros dos vários "Cadernos Negros" e sua participação na premiada *AXÉ-Antologia contemporânea da poesia negra brasileira*. Portanto, para ela, o comunicar-se pela palavra literária é mais que prazer lúdico, esporádico: é missão assumida enquanto proposta de atuação e interferência na produção cultural situada no tempo e no espaço.

Dentro desta proposta ela continua investigando a polaridade social e psicológica da vida humana pelos limites desse caos a que chamamos processo civilizatório. Da gama de emoções paridas dessa curiosidade-busca transbordam os contornos mais consistentes de sua arte. Miriam não é apenas um ser em continuado conflito com o mundo. Na segurança de uma consciência que se aguça, ela se pretende, muito mais que vítima, testemunha dos difíceis tempos do mundo como arena fatal aos melhores ideais da trajetória humana na história.

É aí que ela se propõe como escritora engajada e se contrapõe à deturpada visão da ancestralidade negra como berço de tradições domesticadas e sem consciência histórica. Miriam não quer mais o servilismo folclorizado de personagens negras nascidas de mãos brancas:

Calor afogueia
os pensamentos de espera. Quando
embalo na cama da noite
insônia de séculos...
[...] embalo na cama da noite
as dores de meu tempo [...]

("Insone ouço vozes")

Ela sabe que é preciso destruir a visão do mundo como fatalidade eterna e reconstruí-la enquanto possibilidade de vida que combine dignidade com felicidade. Como chegar lá? Caminhos confortáveis não há. Por isso, o bilhete da viagem-vida inevitavelmente leva aos becos do dia a dia como um fardo, às esquinas do corpo a corpo com o mundo sob o impacto da solidão que nos põe pra escanteio.

Como escapar dos cortes de uma identidade fracionada porque mal sincretizada na mestiçagem cultural brasileira? Revisitando a história, e previamente sabendo que os pingos foram desviados dos lugares certos, ela recusa a ordem enraizada no preconceito e vai ao fundo da malandragem luso-brasileira que sempre combinou exploração de classe e raça com trejeitos democráticos de ocasião. Nas entrelinhas da consciência crítica, o discurso oprimido expresso em poesia atinge seu significado libertário na fronteira entre as aspirações inadiáveis de justiça e as seculares estruturas de dominação. É aí que o oprimido recompõe sua integridade, possibilita a reeducação de seus contemporâneos e projeta planos no sentido de democratizar a percepção de todos. Lembrando as marcas na pele deixadas pela exploração dos séculos, ela "refaz" história e faz poesia:

[...] Carregamos nos ombros
feito dardo
a vergonha que não é nossa

Carregamos nos ombros
feito carga
o ferro da marca do feitor

Carregamos na mão
feito lança
as esperanças do que virá.

("Carregadores")

Ainda é preciso tocar nestas feridas? Sim. Por que não trabalhar literariamente com o turbilhão de certezas e vontades esmagadas no ventre dos séculos, grávido de soluções mais criativas e justas? Tocar no assunto não por raiva animalesca a querer beber vingança, mas por questão de direitos adiados, irresolvidos. Por questão de justiça! Uma justiça que nos tire das costas o peso da exploração que nos deforma há séculos. Uma justiça sem mais desvios e demagogias e que se encarne em corações e mentes e nunca permita ao ser humano tornar-se mercadoria abandonada em becos, empilhada nas esquinas da opressão, apodrecendo nos pátios noturnos dos castelos públicos.

Miriam é a voz das raivas de Iansã, a voz como vento varrendo volumes da vida doente, milhões de vidas vividas como bagaços nos engenhos diabólicos do Império do Lucro. E todas essas dores virando versos e vozes de tantos timbres reforçam sua veia poética com o sangue novo de opções pro coração do futuro. É a força da persistência, a confiança no feitiço das palavras. Então ela invoca a magia das sílabas, pretendendo as notas certas das "Cantigas de acordar":

> Fazer canções
> negros
>   pingos
>   pousados
> embalando as notas
> nas entrelinhas
> de envenenadas cantigas
>
> [...] negros pingos
> [...] retumbando
> cantigas de acordar.

Escapar à desgraça antiga significa conquistar o território da dignidade nova. Nada de rotas viciadas, é chegar pelo caminho novo. Sem dúvida iremos por lá, será preciso. Teremos que atravessar os "Ganchos de interrogação":

> As soluções [...]
> [...] escapando pelos vãos dos dedos
>
> Grito
>   lavada de suor
> com os pontos finais
> enroscados aqui, ali
> escorregando
> nos ganchos das interrogações.

O tentar existir conscientemente às vezes pesa como pesadelo. Frequentemente a tensão é tanta que viver é como passos deslizando angústias num fio sem fim. O equilíbrio vira espelho torto, complicando atos, fixando desesperos solitários:

> [...] sou a ilusão do encontro
> [...] a revolta dos atos
> [...] sou o cansaço
> carrego comigo o asco

("Revolta dos atos")

Mas, independentemente das várias solidões humanas que possam desembocar em fugas, existe, em Miriam, apesar de todos os pesares sociais, o imperativo da privacidade ligada à felicidade natural das satisfações e dos prazeres da essência humana. A poeta transitará então pela modernidade da consciência engajada, visando o fim dos abusados privilégios que há séculos sufocam a condição feminina. Nesse contexto, o prazer será usufruído como realização de potencial de vida, desvinculado das culpas e castrações comprometidas com a opressão. E aí a "Casa solteira" surge como proposta de espaço físico além das infinitas formas de felicidade a dois:

> Existe um segredo velado
> nas velhas bocas
> [...] nos velhos sonhos de futuro
> preso em casas solitárias [...]

> Os velhos sonhos calam-se
> Grita um novo delírio [...]

Os jovens prazeres
[...] sorrisos de calças apertadas

Por mais que a realidade condicionasse a prontidão da consciência, a vida transbordou os contornos da racionalidade e encharcou todos os sentidos. Ninguém é de ferro, "Ninguém grita o tempo todo/ Ninguém". Por isso será sempre inevitável, natural e saudável

extravasar a borda
do corpo [...]

testar a mão
num batuque ritmado...

("Poder crer")

E porque sabe fundir a energia vital do batuque às cantigas de acordar, a poesia de Miriam nos convida a dedilhar a pele do útero da noite até captarmos as "Estrelas no dedo":

Um dia o futuro virá
trazendo estrelas no dedo
mel nos lábios
esperanças nos pés [...]

Sairá sem carteira de falsa identidade
entrará nos lugares todos
portando sorriso simples de pessoa

São Paulo, janeiro de 1985

Posfácio

POESIA, PERFORMANCE, PODER E UM CORP@ NEGR@ AINDA POR DIZER

Emerson Inácio

"Ético"

o eu civil
o eu poético
encontram-se
juntos fazem farra em poesia

Miriam Alves

Este posfácio surge salpicado de memórias, muitas vividas mundo afora, quando, em companhia de Miriam Alves, ouvi seus poemas, assisti a suas performances, presenciei seus desaforos e a rapidez de seu pensamento, traduzível em respostas afiadas e ferinas contra quem as merecia. Minhas memórias têm espaços inusitados que envolvem a ambiência acadêmica, bares, festas, feijoadas, acarajés, carurus, espetáculos, lançamentos de *Cadernos Negros* e tantos outros episódios em que Miriam Alves, ao "chegar chegando", se apoderava dos territórios, tratando-os como seus. Em todas as minhas lembranças, surge sempre uma "Figura" que, cada vez mais, me parece trabalhar com afinco para esteticizar sua existência negra, feminina, sexualmente dissidente e periférica, rearranjando sempre os lugares em que nós, os que estão no fora, insistimos em lhe colocar. E se aqui falo de uma esteticização da existência é porque quero ressaltar — amparado pelo poema-epígrafe deste posfácio — que percebo a cada vez maior presença da Poeta nas experiências que compartilhei com Miriam. Ou, melhor, a vida civil daquela que assina o sobrenome "Alves" parece estar sendo invadida pela necessidade de "fazer arte" todo o tempo, retirando, da dureza do cotidiano que salpica seus versos, beleza, encanto, epifanias que tais.

Dentre as várias oportunidades que compartilhamos, lembro-me de falarmos acerca da necessidade de começarmos a circunscrever crítica e esteticamente a poesia de assinatura negra, feminina e periférica, de forma a constituir poéticas particulares e, ao mesmo tempo, conformar, delinear os vetores, espaços e territórios que cada um desses lugares estéticos — ou o conjunto por eles formados — poderia ocupar, criando para cada um deles uma singularidade que lhes sintonizasse no campo não apenas das "movimentações literárias", mas dos movimentos, considerando aí a diversidade e a pluralidade que dinamizam e particularizam as produções artísticas. Diante dos *muxoxos* de Miriam e de sua defesa — justíssima — de que nenhum artista deveria seguir cartilhas — não é disso que falo, necessariamente! —, defendo ainda que a excessiva atenção, dada por determinadas correntes de crítica e de análise, ao aspecto temático de determinados fenômenos literários acabou por esvaziar a preponderância que os conteúdos estéticos devem ter sobre outras superfícies, como a política, a social, a cultural, a histórica. A poesia de Miriam é tudo isso, decerto, mas antes de qualquer coisa, Poesia. E, como tal, demanda ser percebida nas suas nuances, bem como na dinâmica de um trabalho poético que visa, sempre, sintonizar o gesto composicional a uma reflexão profunda sobre o tempo, a justiça, o racismo, a Vida, deixando-nos sempre claro que a poesia de Miriam é um espaço privilegiado de circulação e de comunicabilidade que, ao estabelecer os diversos pactos de leitura, inclui nisso [nisso incluídos] compromissos éticos que sintonizam estética e política.

Deixo escuro* que não pretendo aqui esgotar possíveis linhas de leitura da obra poética de Miriam Alves, mas apresentar — agora que vc, Leitorx, já cumpriu a sua parte nesta tarefa — alguns pontos de força que, como leitor também, fui percebendo. Enfatizo, nesse sentido, a sorte de este texto se tratar de um posfácio, o que me deixa menos responsável por "orientar" uma leitura e mais interessado em descobrir, um dia, como uma poesia feita de encontros resultou neste ensaio que não é, senão, o lar de quem também leu estes *Poemas reunidos*.

Minha primeira grande questão com as contas que compõem essa guia/fio/livro diz respeito ao fato de que a poesia de Miriam associa de maneira muito intensa suas experiências com seu próprio corpo e com os elementos performáticos, o que confere a uma parte considerável de seus poemas dramaticidade cuja eficácia maior é mais bem alcançada quando assistimos a uma intervenção da Poeta. Afinal, Leitorxs, sou de um tempo em que Miriam Alves subia em mesas, agitava um corpo esteticamente convulso diante de plateias, convidando seu público às palmas, e entoava cânticos religiosos em meio a poemas surgidos ali, no calor do fogo e da hora, como se viessem ventados, soprados por entidades ao seu ouvido. Assim, não se trata de uma poesia pra descanso do corpo (ou da alma, como preferem os românticos quase extintos), mas para seu incômo-

---

* No campo das discussões de uma língua/linguagem inclusiva devemos fazer constar, também, as "metáforas" calcadas na branquitude da língua e que comumente associam signos de tonalidade "escura" à falta de nitidez de ideias ou de pensamentos. Visando, pois, manter o compromisso ético proposto pela autora-objeto deste posfácio, optarei, sempre que possível, por deixar a minha expressão linguística aqui às escuras. Se a língua precisa contemplar a fluidez dos gêneros e das identidades sexuais e corporais, renunciando à suposta neutralidade do par masculino/feminino, será preciso que também incluamos nessa "rasura" uma revisão nos conteúdos de vieses étnicos, raciais e representativos das diferenças, sabendo que a língua e a linguagem não são, por princípio, campos ideologicamente neutros.

do: ao delinear entranhas, cavidades; ao tocar o desejo, a dor e a violência; ao palmilhar a solidão, o prazer, a morte, a poesia de Miriam parece-nos convocar a performar nosso sentir, convidando-nos a adentrar espaços compartilháveis, justo porque se arvoram em experiências compartilháveis por qualquer pessoa sensível ao mundo, às coisas, às outras pessoas. Diferentemente de muitxs poetas contemporâneos, não vemos nesta poesia o confronto neorromântico que antagoniza eu e mundo; mas sim o jogo das impressões de quem sente o mundo e, a partir desses efeitos, parece escrever pra quem também o sente.

Tematicamente ampla, trata-se de uma poesia que, muito ancorada no aspecto coloquial e cotidiano da linguagem, opta, desde sua emergência, em deixar a letra preta preponderar sobre uma enunciação branca, já que talvez não haja uma forma de conceber uma poética Miriam Alves sem levar em conta seu engajamento como mãe/mulher/amante/militante negra: se sua poesia é do corpo — do dela e do nosso — o será ainda antes da pele, dessa pele escura à qual signos, sinais, sentidos e estigmas foram atribuídos historicamente. Pele em que vestígios foram deixados e em que palavras silenciadas reclamam dizer e despontam em escarificações rituais, que não dizem apenas respeito às vivências do povo negro, mas às histórias de lutas femininas ou de insurgências que pelo poema querem proscrever silêncios, fazendo o corpo vivo e pulsante se enunciar: pele-letra, pele-texto, pele-profundidade da qual palavras-pele continuamente se descolam, rumo a uma tela-papel em preto, um corpo ainda por dizer-se. A poesia de Miriam: um corpo todo de palavras feito de geometria bidimensional...!

E esse corpo de palavras é inventivo e muitas vezes nos parece possuído por um desejo contumaz de operar internamente no campo da linguagem, inventando palavras ("out-Door/

auto-Dor"), usando o hífen a valer e promovendo com isso uma nova rede de sentidos só possível pra quem acredita num verbo-carne e que aposta "na loucura sã do verso". Com isso, rimas internas, semelhanças de sons, discussão quase obsessiva do poema de Miriam Alves no campo da linguagem/metalinguagem e o questionamento constante da língua que se mete na/com a poeta que compõe. Nesse caso, todo trocadilho erótico é pouco, posto que há nessa poética um fetiche: pensar a linguagem por dentro, questionando muitas vezes sua capacidade de dizer e desmontando aquela outra luta vã em que acreditou um outro poeta ao ver-se diante de tantas palavras. Esse manuseio do palavrório disponível na Língua que Miriam ama não advém de um dizer por dizer, mas de um dizer para "averbar" sentidos, para manipular os significados já existentes, "averbalizando", "terratremulando" o conhecimento prévio que o/a/i leitorx tem da língua. Essa preocupação com o dizer e com a palavra muito me parece vestígios da cidadã civil Miriam Alves na Poeta: ela mesma uma fiel do candomblé sabe que a palavra tem peso, a palavra cria, a palavra faz nascer, a palavra tem força. Na mão de uma Criadora, a palavra faz voar do chão, ar a fora, o poema e nele materializa o cotidiano, o prazer, a dor, a violência, a maternidade, o tesão. "Os romances são meus e eu quero que seja uma *quintologia*!", disse-me Miriam, imperativa e liberta, ao telefone em meio de uma pandemia e de nosso mútuo isolamento, e a despeito de *Bará*, *Maréia* e dos romances que ainda virão!

Inventar, reinventar, transgredir: este o seu ofício do verso!

Consciente de sua dimensão criadora, parece-me peculiar a predileção de Miriam Alves por palavras que pertencem ao universo semântico do ar ou que compartilham dinâmicas e ações com este território volátil: respiração, fôlego, voo, asfixia, afogamento, vento, brisa... Plantada e catulada no chão do real, na fixidez nem sempre bem-vinda da terra e de um cotidiano violento, marcado pelas memórias da colonialidade e pelo histórico da escravidão, é no reconhecimento da dimensão volátil do ar que parece também se fundamentar o gesto criador/criativo de Miriam: é no ar que perfaz a potência de Exu (Laroyê!), o Senhor da fala fácil e do verbo que cria, ele mesmo poeta na sua natureza, perscrutador de caminhos. Mas aí reside também a dimensão erótica e guerreira/guerrilheira de Iansã, senhora das nuvens de chumbo, para quem cada trovão é um portal. Articulando o ar que cria a um deslocamento que abala, desestabiliza, a poética de Miriam parece-me propor um inusitado: remexer os fundamentos que sustentam o processo criativo, redimensionando criação e destruição, criatividade e ação, do que talvez redunde o constante jogo entre prazer e dor; êxtase e espera; desejo e realização; abundância e certeza da falta, tão presentes em seus poemas.

Nesse ponto, o real a que me referi e a dimensão teológica que perfaz a poesia de Alves parecem se tocar: ao recorrer ao universo aéreo onde reside a criatividade, Miriam constantemente bafeja vida ao poema, resgatando o potencial criativo e eruptivo que reside em toda a palavra poética, fazendo *novo* o corriqueiro, dando nova luz ao aspecto comum do cotidiano, recriando e reafirmando tanto a sua existência poética quanto o poético contido nas coisas que muitos de nós julgamos vãs e corriqueiras. Disso redunda uma dimensão "brilhosa" e vital do mundo, "Ouro sobre Azul", traduzida pelos olhos de quem vê e de quem inspira um ar que, ao mesmo tempo em que viceja, incomoda pelo seu excesso.

Percebo, ainda, nessa descompassada leitura, o coral de vozes que perfaz a poesia de Miriam Alves: o eu é ela, mas somos eu e você também; o eu Zula Gibi, a *Outra* que goza com corpos iguais ao seu, cede espaço a um nós, corp@s negr@s ou não; daí que a Poeta promova o intercâmbio de uma voz quase sempre feminina para uma outra, masculina ou assim convencionada, dado que muito se vê e se lê na sua produção em prosa, parte dela contemplada em *Cadernos Negros*. Não quero aqui tratar de pseudônimos, heterônimos e falseamentos, visto que no regime de verdade proposto por Alves tudo é muito original e, portanto, claramente perceptível como sendo dela, ainda que não raras vezes, reitero, seja compartilhável com quem lê, promovendo assim um jogo em que identidades e alteridades oscilam, incluem, conformam poeta e Leitorxs. Aliás, "falar com" parece também ser uma responsabilidade que transparece na poesia de Miriam, uma vez que tem sua cumeeira poética muito bem fincada na tradição série estético-política da poesia negro-brasileira, seja "conversando" com seus contemporâneos de peso, como Conceição Evaristo e Cuti, seja, "com Safo por testemunha", estabelecendo diálogos com Solano Trindade, Gonçalves Dias e com uns botões em "Desmanzelo" (assim com *n* mesmo, tal como a autora ouvia de sua avó) que fazem ressoar em nossos ouvidos um certo Rei Roberto (seus botões da blusa), agora refundado num corpo preto todo ele prazer, sem no entanto apelar aos lugares-comuns que recorrentemente são utilizados para a descrição de uma erótica negra. Essa fala conjunta parece apontar no concerto poético em discussão para uma espécie de refundação transgressora do edifício poético brasileiro, tão afeito a passadismos devedores ou a excessos que denotam, não raro, a pouca permeabilidade do tecido poético. Ao contrário, parece-me que Miriam Alves deseja celebrar seu tempo e falar com seus pares, o que nesse caso seria, não obstante, inscrever-se num quadro poético maior, trazendo consigo os seus parceiros de empreitada e de compromisso político, seja a menina explorada no trabalho sexual, o menino adicto do *crack*, o trabalhador bebum expulso do ônibus ou as mulheres-mães-esposas, trabalhadoras do sexo e da vida.

Desse coral redunda uma ética particular, um compromisso político que agora, em relação à poética de Miriam Alves, gostaria de denominar "Ética/Estética Malunga": das vozes que falam com a Poeta, e com as quais ela também fala, ecoando a tradição do companheirismo, da partilha dos afetos e lutas, dos propósitos que a poesia dessa nossa poeta, poeticamente, traduz em partilha. Vejo nisso, ainda, a força política da voz, do que redunda, muitas vezes, um "falar por": quem, numa posição política intrinsecamente privilegiada pelo domínio da palavra poética, se disporia a falar por um indivíduo usuário de *crack*, desterrado pelas ruas do centro de São Paulo ou de tantas outras capitais brasileiras? Malungo: companheiro/a/e, parceiro/a/e, irmão/irmã, mana de fé: parceira de luta! Nessa pluralidade de vozes que destaco da poesia de Miriam Alves, o relevo se estabelece justamente no exercício coletivo: dizer "eu" é, em certa medida, dizer o "outro", dizer-se com o outro e no outro, num exercício de aproximações que não visa senão tornar o campo da enunciação poética um espaço em que o segredo, o silêncio e o cerceamento do dizer sucumbem diante de uma voz que se impõe maior, que irrompe do tumbeiro extemporâneo da condição subalternizada da pessoa negra. Numa ética malunga, trata-se de uma deriva constante do outro, baseada numa necessária experiência comunitária, reiteradamente negada por modelos de relação humana em que o foco na individualidade apaga as possibilidades de uma irmanada. "Sou, porque vc é e porque nós somos": Ubuntu à Miriam, Miriam Ubuntu!

Que fique o preto no branco: que essa "Ética Malunga" não é e não será a panaceia da poética, negra ou branca, mas um modo de estar/ser poesia que talvez transcenda nossos modos de perceber os conteúdos literários possíveis hoje. Ao nos propormos a pensar o poético numa dimensão que transcende a instância da enunciação e relocaliza a autoria não como origem, mas como veículo, Miriam Alves alia à voz poética o papel dos médiuns nos terreiros: eu não sou a que fala, mas aqueles que falam, por mim, Verdades! E, nesses vaticínios, o resgate de uma memória colonial que insistem em apagar, mas que ressoa na experiência constante do povo negro, nos navios negreiros cotidianos, muitos dos quais foco da atenção de nossa Poeta.

De certa maneira, a compreensão desta Ética/Estética Malunga nos provoca a pensar a poética negro-brasileira como um largo tecido no qual a congeminação de (ou o embate entre) tradição, modernidade, alteridade, identidade, permanência e ruptura sugerem um campo diverso daquele imaginado pela e para a poesia brasileira contemporânea, mais afeita a Leblon que a Pernambuco. E este campo diverso articula forma e saberes, texto e experiência, que não residem apenas na particularidade do verso de um poeta, mas, antes, na importância que o/a/i Poeta assume na construção da série maior da qual faz parte e que, numa articulação ainda mais ampla, se inscreve no momento muito particularmente produtivo por que passa a literatura produzida por pessoas negras no Brasil.

Miriam Alves sobreviverá aos modismos! Isso é certo! Da mesma forma, não atende ao que é imaginado para habitar o terreiro da sinhá ou ao sonho de uma produção literária feita para obedecer aos estereótipos de uma negritude nacional que, para alguns, precisa sempre corresponder ao que se espera que escrevam e nunca ao que a autoria negra de fato quer escrever. Não há sonho de democracia nem de liberdade racial, de coexistência plena e igual, sem a liberdade de ser o que se é e de se escrever sobre o que se quer.

No fim, nos acostumamos às receitas de Dona Benta, ainda que quem mandasse na cozinha fosse a mana Anastácia. Cansamos disso! Miriam se cansou ainda antes de nós!

A receita agora é a dela: não só a culinária, mas a de uma *Ars Poetica*! Isso é coisa de Preta Fina, brincariam as mais velhas que nos olham, e com quem hoje, Miriam e eu, brincamos.

Agora escrevemos as receitas, medimos os temperos e ditamos a qualidade das porcelanas que levarão nossas ofertas aos nossos orixás. Desistimos de copiar ou de seguir as regras e dimensionamos tamanho e espaço do que imaginamos poesia, esse lugar diverso em que acreditamos poderem caber os nossos próprios desejos. Fora das "receitas", um poema que redunda, emana, transpira trabalho, ética e política; um texto onde caiba um corpo que luta e os afetos que resistem.

Texto Preto.

Retinto.

Distinto.

Diverso.

Tá escuro pra você, Leitorx?

Eis o Poema em favor da Mãe dos Gracos — que pro seu azar (só o dela, aliás!) nem era preta! Poema pra Luiza Mahin, Manhinha, Manhãs de Carolina: resistência política, força poética contra todas as misérias — Miriam Alves!

Tamo juntas, irmã!

Outubro, Ano da Graça dos Orixás, 2021, Laroyê!

ÍNDICE DE PROCEDÊNCIA DOS POEMAS

DOS *CADERNOS NEGROS*

Cadernos Negros 5 (1982): "Fantasmas alheios", "Fumaça" e "Viagem pela vida".

Cadernos Negros 7 (1984): "Jantar", "Dia 13 de maio", "Hoje", "Caçadores de cabeças", "Calafrio", "Lambida" e "Fogo".

Cadernos Negros 9 (1986): "Exus", "Insônia", "Cobertores", "Íntimo véu", "Lençóis azuis", "MNU", "Amantes", "Mahin amanhã", "Afagos" e "Noticiário".

Cadernos Negros 11 (1988): "[*O céu abre asa*]", "Colar", "Pisca olho", "Naus dos passos", "Revanche", "Uma estória", "Poetas", "Averbalizar", "Cabide", "Leve", "Calor colorido", "En-tarde-ser", "Dente por dente" e "Minhas".

Cadernos Negros 13 (1990): "Gens", "Era", "Averbar", "Fêmea toca", "Madrugada desavisada", "Tempos difíceis", "Encruza", "Objetando" e "Translúcida".

Cadernos Negros 17 (1994): "Passo, Praça", "Abandonados", "Assalto", "Improviso 2", "Com a rota na cabeça", "Ferindo chão", "Autobiográfico", "Petardo", "Intervalo", "Geometria bidimensional" e "Viageiro".

Cadernos Negros 19 (1996): "Paisagem interior", "Estradestrela" e "Rainha do lar".

Cadernos Negros 21 (1998): "Íris do arco-íris", "Desumano", "Ecológico", "Neve e seiva", "Acordes", "Olhos ossos" e "Recadinho".

Cadernos Negros 25 (2002): "Brincadeira de roda", "Cantata", "Genegro", "Parto", "Cenários", "Salve a América!" e "Sem". [*Como Zula Gibi*]: "Amiga amante", "Azul amarelo", "Florescência", "(Escondido na noite)" e "Testemunhas de Safo".

Cadernos Negros 29 (2006): "Cenário televisivo", "Ser inteligível e o inteligível do ser para não ser ininteligível", "Catulagens", "Lição", "Reboliço" e "Interrogatório".

Cadernos Negros 31 (2008): "O verso orou", "Entoa", "Paulista seis é tarde", "Afro-brasileiras" e "Senhora dos Sóis".

Cadernos Negros 33 (2010): "Eu mulher em luta", "Canto de um grito", "Não vede!" e "Areias de Copacabana mareiam ou Maricotinha não está aqui".

POEMAS ESPARSOS

Axé — Antologia contemporânea de poesia negra brasileira (organização de Paulo Colina. São Paulo, Global, 1982): "Veia ansiosa", "Alucinação de ideias" e "Imagens de um passeio".

A razão da chama: antologia de poetas negros brasileiros (organização de Oswaldo de Camargo. São Paulo, GRD, 1986): "Ético", "Nada", "Mar", "História", "Comida" e "Desmanzelo".

Finally us / Enfim nós — Contemporary Black Brazilian women writers (organização de Miriam Alves e Carolyn R. Durham. Edição bilíngue português/inglês. Colorado, Continent Press, 1995): "Nascere", "Carne", "Negrume", "Palavras", "Aleijado", "Flor", "Vida", "Vudu", "Careta", "Silêncio", "Cheiro" e "Busca".

Pretumel de chama e gozo: antologia da poesia negro-brasileira erótica (organização de Cuti e Akins Kitê. São Paulo, Ciclo Contínuo, 2015): "Oxum" e "Bel-prazer".

Coletânea Ogum's toques negros (organização de Guellwaar Adún, Mel Adún, Alex Ratts. Salvador, Toques Negros, 2016): "Falo", "Da laje", "Cara pintada", "( )", "Sumidouro Brasil", "Encoxar", "Cavalgo nos raios de Iansã", "(In)vento", "É tanto querer" e "13-1978 a 2013".

Profundanças 2 — Antologia literária e fotográfica (organização de Daniela Galdino, Ipiaú-BA, 2017): "Luangar", "Gira e gira nessa gira", "Intensifica", "Inteireza" e "Gulodices".

Revista eletrônica *eLyra* nº 16 (2020): "Balada no balanço", "Brado", "Breves" e "Fora e dentro".

Antologia poética nº 3 (organização de Danielle Magalhães, *Revista Cult*, 2020): "Saudades na quarentena".

LIVROS

Momentos de busca. São Paulo, edição da autora, 1983.
Estrelas no dedo. São Paulo, edição da autora, 1985.

ZINES

(De)clamar. São Paulo, Coleção Poemas de ocasião, s/d.
Feminiz-Ação. São Paulo, Coleção Poemas de ocasião, s/d.
Partículas Poéticas. São Paulo, Coleção Poemas de ocasião, s/d.

✳

Ao longo dos anos, alguns poemas de Miriam Alves foram publicados mais de uma vez. Nesta edição dos *Poemas Reunidos*, foram mantidas as duas versões quando elas apresentavam diferenças significativas. Assim, permaneceram as duplas: 1) os poemas "Falo", na coletânea *Ogum's toques negros*, e "Eu Falo", no zine *(De)clamar;* 2) os poemas "Em verde amarelo", no zine *(De)clamar*, e "Sonhos embalados", no zine *Feminiz-Ação;* 3) os poemas "Passo a passo", no zine *Partículas Poéticas*, e "Os passos outrora firmes", no mesmo zine; 4) os poemas "Verbo", no zine *Feminiz-Ação*, e "Verbo", no zine *Partículas Poéticas*.

Quando os poemas foram publicados duas vezes de forma idêntica ou com mínimas variações, optou-se, em concordância com a autora, por uma das localizações na obra. É o caso de "Magma" e "Embriagada", que saíram originalmente nos *Cadernos Negros* 5 e depois no livro *Momentos de busca*. Nesta reunião os poemas aparecem com a localização do livro. O poema "Caçadores de cabeças" saiu nos *Cadernos Negros* 7 e no 9, e aqui ficou na localização do número 7. É também o caso de "(Re)Desenhar", publicado primeiro no zine *(De)Clamar* e, em seguida, no zine *Partículas Poéticas;* optou-se pela sua localização neste último. Em relação ao poema "Palavras", que teve uma primeira versão nos *Cadernos Negros* 7, optou-se pela versão publicada na antologia *Finally us / Enfim nós — Contemporary Black Brazilian women writers.*

ÍNDICE EM ORDEM ALFABÉTICA DOS TÍTULOS DOS POEMAS

( ), 151
(Des)razão, 268
(Escondido na noite), 97
(In)vento, 155
(Re)Desenhar, 316
[O céu abre asa], 42
13- 1978 a 2013, 157
A emoção na tela, 294
A vida cozinha, 297
Abandonados, 67
Acordes, 84
Afagos, 40
Afro-brasileiras, 109
Aleijado, 138
Alucinação de ideias, 122
Amantes, 38
Amiga amante, 94
Amor fêmeo, 323
Angústia, 210
Areias de Copacabana mareiam ou Maricotinha não está aqui, 116
Às vezes, 273
Asas de borboleta, 329
Assalto, 68
Asteroide noturno, 227
Ato solitário, 234
Autobiográfico, 72
Averbalizar, 49

Averbar, 58
Azul amarelo, 95
Bala perdida, 269
Balada no balanço, 163
Bel-prazer, 147
Bem-vinda de volta, 276
Bolindo sexualmente, 211
Brado, 164
Breves, 165
Brincadeira de roda, 87
Busca, 145
Cabide, 50
Caçadores de cabeças, 27
Calafrio, 28
Calor colorido, 52
Caminhada, 318
Canção libertadora, 303
Canção pra não ninar, 246
Cantata, 88
Cantigas de acordar, 244
Canto de um grito, 113
Cara pintada, 150
Careta, 142
Carne, 134
Carregadores, 240
Casa solteira, 238
Catulagens, 102
Cautela, 315

Cavalgo nos raios de Iansã, 154
Cena do cotidiano, 186
Cenário televisivo, 99
Cenário urbano, 295
Cenários, 91
Centro, 335
Certidão de nascimento, 283
Cheiro, 144
Cio de palavras, 332
Cobertores, 34
Colar, 43
Com a rota na cabeça, 70
Comida, 131
Compor, decompor, recompor, 242
Cristo atormentado, 177
Cuidado! Há navalhas, 237
Da laje, 149
Dente por dente, 54
Depreendendo, 182
Desejo, 258
Desespero nas cidades, 271
Desmanzelo, 132
Despudor, 216
Desumano, 81
Dia 13 de maio, 24
Disposição, 284
Distraída, 311
Dizer versos, 331
Dormir, 317
É manhã a porta, 301
É tanto querer, 156
Eco-lógico, 82
Egoísmo, 184
Em Albuquerque, 320
Em verde amarelo, 266
Embriagada, 193
Encoxar, 153
Encruza, 62
Enigma, 250
Enluarar a solidão, 319
Enquanto o corpo lateja, 307
En-tarde-ser, 53
Entoa, 107
Era, 57
Escrever o silêncio, 305

Estradestrela, 78
Estranho indagar, 173
Estrelas no dedo, 259
Ético, 127
Eu Falo, 265
Eu mulher em luta, 112
Exus, 32
Facas filadeiras, 235
Falo, 148
Fantasia, 191
Fantasmas alheios, 19
Fêmea toca, 59
Ferida aberta, 328
Ferindo chão, 71
Fiar solidão, 326
Flor, 139
Florescência, 96
Fogo, 30
Fora e dentro, 166
Fumaça, 20
Fusão, 197
Ganchos de interrogação, 230
Genegro, 89
Gens, 56
Geometria bidimensional, 75
Gira e gira nessa gira, 159
Gotas, 285
Guardiãs, 226
Gulodices, 162
História, 130
Hoje, 25
Homens, 277
Horizonte, 251
Imagens de um passeio, 124
Imaginando o mundo, 218
Improviso 2, 69
Indo, 202
Insone ouço vozes, 243
Insônia, 33
Instante instinto, 300
Inteireza, 161
Intensifica, 160
Interrogatório, 105
Intervalo, 74
Íntimo véu, 35

Íris do arco-íris, 80
Jantar, 22
Lambida, 29
Lamento, 204
Lençóis azuis, 36
Leve, 51
Lição, 103
Luangar, 158
Luta do ideal, 206
Madrugada desavisada, 60
Madrugada esfria, 289
Magma, 195
Mahin amanhã, 39
Males e Malês, 282
Mar, 129
Marcas, 200
Memória, 267
Memória do riso, 239
Minhas, 55
MNU, 37
Momentos de busca, 220
Mulher, 279
Nada, 128
Não vede!, 114
Nas nuvens, 228
Nascere, 133
Naturalmente, 233
Naus dos passos, 45
Necessidade, 253
Negrumar, 306
Negrume, 135
Neve e seiva, 83
Noite morta, 299
Noticiário, 41
Numa situação madrugada, 290
O homem, 208
O olhar agoniado, 296
O verso orou, 106
Objetando, 63
Olhos ossos, 85
Os passos outrora firmes, 336
Ouvidos aguçados, 249
Oxum, 146
Paisagem interior, 77
Palavras, 136

Parto, 90
Passo, Praça, 65
Passo a passo, 325
Passos ao mar, 198
Paulista seis é tarde, 108
Pedaços de mulher, 254
Pedra no cachimbo, 270
Pés atados corpo alado, 179
Pétalas ao vento, 327
Petardo, 73
Pisca olho, 44
Poder crer, 248
Poetas, 48
Quando, 260
Querer, 241
Rainha do lar, 79
Reboliço, 104
Recadinho, 86
Reflete, 292
Respinga no telhado, 293
Restante de esperança, 229
Revanche, 46
Revolta de desejos, 256
Revolta dos atos, 257
Roupa velha gasta, 334
Saber da chama, 232
Salve a América!, 92
Saudades na quarentena, 167
Sem, 93
Senhora dos Sóis, 110
Ser inteligível e o inteligível do ser
para não ser ininteligível, 100
Ser pessoa (1), 252
Silêncio, 143
Sinto no ar, 324
Sonhos embalados, 304
Sumidouro Brasil, 152
Sussurros, 330
Sussurros melodias, 302
Sutilezas nada poéticas, 278
Tamborilando, 275
Tempo consciência, 314
Tempos difíceis, 61
Tenho, 274
Tensão, 333
Ter tudo capturado, 291

Testemunhas de Safo, 98
Tique-taque, 312
Tracejado, 281
Translúcida, 64
Trapos e nudez, 213
Uma estória, 47
Vagas lembranças, 272
Veia ansiosa, 121
Venha, 298
Verbo, 308

Verbo, 313
Vestes diáfanas, 321
Viageiro, 76
Viagem pela vida, 21
Vida, 140
Vidraças quebradas, 215
Vontade, 231
Vou longe, 280
Voz, 225
Vudu, 141

Copyright © 2022 Miriam Alves

Todos os direitos reservados. Nenhuma parte desta obra pode ser reproduzida, arquivada ou transmitida de nenhuma forma ou por nenhum meio sem a permissão expressa e por escrito da Editora Fósforo e da Luna Parque Edições.

EQUIPE DE PRODUÇÃO
Ana Luiza Greco, Fernanda Diamant, Julia Monteiro, Leonardo Gandolfi, Mariana Correia Santos, Marília Garcia, Rita Mattar, Zilmara Pimentel
PREPARAÇÃO Heleine Fernandes de Souza
REVISÃO Paula B. P. Mendes
DIGITAÇÃO DOS POEMAS Viviane Nogueira
PRODUÇÃO GRÁFICA Marina Ambrasas
PROJETO GRÁFICO Alles Blau
EDITORAÇÃO ELETRÔNICA Página Viva

A marca FSC® é a garantia de que a madeira utilizada na fabricação do papel deste livro provém de florestas gerenciadas de maneira ambientalmente correta, socialmente justa e economicamente viável e de outras fontes de origem controlada.

Dados Internacionais de Catalogação na Publicação (CIP)
(Câmara Brasileira do Livro, SP, Brasil)

Alves, Miriam
    Poemas reunidos / Miriam Alves. — São Paulo : Círculo
de poemas, 2022.

    ISBN: 978-65-84574-01-4

    1. Poesia brasileira I. Título.

21-91673   CDD — B869.1

Índice para catálogo sistemático:
1. Poesia : Literatura brasileira   B869.1

Cibele Maria Dias — Bibliotecária — CRB-8/9427

CÍRCULO *Luna Parque*
DE POEMAS *Fósforo*

circulodepoemas.com.br
lunaparque.com.br
fosforoeditora.com.br

Editora Fósforo
Rua 24 de Maio, 270/276, 10º andar
01041-001 - São Paulo/SP — Brasil

CÍRCULO *Luna Parque*
DE POEMAS *Fósforo*

Este livro foi composto em GT Alpina e GT Flexa e impresso pela gráfica Ipsis em janeiro de 2022. Aqui paramos para ouvir no vento a voz do tempo dizendo: vai.